우리 모두 가끔은
미칠 때가 있지

관계, 그 잘 지내기 어려움에 대하여

우리 모두 가끔은 미칠 때가 있지

정지음 에세이

빅피시
BIG FISH

들어가며

요즘 나는 카페에서 근근이 로맨틱 에너지를 충전하며 살아간다. 애인과 티타임을 나눈다거나, 몰래 점찍어둔 멋쟁이의 얼굴을 보러 가는 일은 전혀 없다. 나는 이용객 중 가장 초췌하고 안색이 어두운 혼자다. 그렇지만 카페에는 사람들이 있다. 평생 사람 구경만큼은 질리도록 해왔다고 생각하는데 어째서 계속 새로운 사람들이 궁금한지 모르겠다.

이 책에는 가까운 남들에 대해 기록해놓고 싶었다. 가족부터 시작해 친구, 연인, 동료, 이웃들의 이야기를 하면 될 것 같았다. 그런데 쓰면 쓸수록 자아에 대한 서술이 늘어갔다. '가장 가까운 남'이란 결국 자기 자신인 셈이었다.

때로는 나와 나의 거리가 타인과의 그것보다 훨씬 멀었다. 나는 나의 고향이자 타향이었고, 모국이자 외국이었으며, 그 어딘가의 경유지이기도 했다. 그렇다면 삶이란 집에 대한 그리움으로 현재는 집 밖에 있음을 인식하게 되는 여행일지도 몰랐다.

나는 쓸쓸할 때마다 사람에게 돌진하길 주저하지 않았다. 감옥이나 지옥 같은 인연도 더러 있었다. 누굴 만나도 영원한 낙원까진 닿지 못했다. 그러나 나쁘지 않다고 생각했다. 서로에게 기대 마음껏 사랑하고 미워하는 동안에는 생에 대한 염세를 잠시나마 떨칠 수 있었다. 나는 엉망진창인 사건들에 슬퍼하면서도, 내가 텅 비지 않았다는 사실에는 언제고 감사했다.

그리하여 이것은 남 같은 나와 나 같은 남들이 한데

섞인 이야기가 되었다. 사람 사이에선 정확히 분리되는 것이 하나도 없었다. 나는 기뻐하며 울기도 했고 실망하며 웃기도 했다. 때론 내가 어떤 감정을 느끼는지 추적하지도 못했다. 예측 불가능하다는 점만을 예측할 수 있으니 사람이란 어디까지 복잡한 존재인지 모르겠다.

원고는 대부분 과거를 회상하는 형태로 쓰였기 때문에 부끄러운 구석이 많다. 다만 과거가 부끄러워진 만큼 현재의 나는 부드러워진 거라 믿는다. 실제로 집필하는 동안 해묵은 악연과 혼자 화해하는 신기한 경험을 자주 했다. 에세이의 특성상 주변인들 신상이 드러나는 문제로 고민이 많았는데, 실명으로 등장하는 인물들에게는 미리 원고에 대한 허락을 구했다. 나머지는 누군지 특정할 수 없도록 흩어버리는 쪽을 택했다.

사람들은 아마 죽었다 깨어나도 서로를 이해하지 못할 거라고 생각한다. 알지 못하니 가질 수도 없다. '나'와 '너', '우리'의 경계에서 빈손으로 헤맬 뿐이다. 이것을 영원히 채워지지 않는 결핍으로 볼 수도 있겠지만, 나는 끝없는 가능성이라 말하고 싶다. 우리의 빈손은 잠시 악수를 나누는 동안 충만해진다고, 두 손바닥의 냉기가 맞닿아 온기가 되는 거라고 믿는다.

믿으려는 의지만으론 믿음이 생기지 않아 우리 모두 가끔은 미칠 때가 있다는 생각이 드는 요즘이다.

2022. 01.
정지음

차례

들어가며 + 005

내가 사랑한 실망들

이상한 사람의 못된 행복 + 015

나는 심이다 + 022

관계 절취선을 찢고 나서 + 027

쌍방과실 + 032

성급한 과몰입의 실패 + 041

아낌없이 주는 나무(절망편) + 047

프라푸치노를 엎지른 아기 + 053

내겐 너무 모자라거나 더부룩한 사랑 + 061

인생 개혁 프로젝트의 종말 + 066

I'm my fan + 075

비 내리는 날 + 082

Chapter 2

세계와 세계가 부딪치는 소리

욕설을 버리며 + 091

일기를 쓰자 + 097

미워하지 않을 용기 + 102

부모님은 어떤 분들인가요 + 109

루브르와 움막 사이 + 114

경찰서에서 만난 죽음 + 119

예비 거지와 백수와 돌싱 + 125

음주와 연애의 상관관계 + 135

인간에게는 모양이 없다 + 141

우울에 관하여 + 147

이웃을 세탁할 자유 + 152

먼 나랑 이웃 너랑

꼬마 트위터리안의 기쁨 + 161

규범적 무규칙주의자의 일상 + 167

시궁창 컴퍼니의 세 친구 + 175

너를 싫어하는 사람은 있을 수 없어 + 184

나의 ADHD 친구들 + 189

지금은 갓생방 중입니다 + 194

영주에게 + 203

망한 노래 연습 + 211

서른 판타지 + 220

우리 시대의 낭만 + 226

봄 고양이와 첫눈 + 233

Chapter 1

내가 사랑한 실망들

이상한 사람의 못된 행복

멀쩡한 사람의 선한 행복에 대해선 너무 많은 박사님들이 토론 중이니까, 별다른 학위가 없는 나는 이상한 사람의 못된 행복에 대해 말해보려 한다. 나는 태어날 때부터 나를 따라다닌 ADHD 때문에 못됐다는 말을 많이 들어왔는데, 돌이켜 보면 타인의 악평에 즐거움을 압수당한 시간들이 얼마나 아까운지 모른다. 지금 와선 기억도 안 나는 입술들 때문에 내가 정녕 부적절한 인간인줄 알았다. 그래서 어서어서 시간이 지나, 자연사라는 방법으로 지구에서 배출되길 꿈꿔왔다. 그동안의 삶은 잔잔한 자해와 같이 펼쳐졌다. 스스로를 상하게 하진 않아도, 타인이 나를 훼손할 때마다 그러려니 수긍하며 나를 망쳐왔다. 나는 어쩐지 욕먹어도 되는 사람, 욕만 먹다 보니 칭찬이 어색해진 사람이었고, 방어 욕구가 들 때마다 그게곧 이기심인 것만 같아 죄의식이 따라왔다.

사실 나는 나쁘다기보다 남의 말을 잘 못 듣는 아이였다. 청각에는 문제가 없었지만, 청각주의력이 부족했던것이다. 대화의 맥락을 따라가지 못해 입을 다물거나 소리쳤고, 내 둔중한 최선은 때로 누군가들의 호의를 완전히 무시하는 것처럼 보였다. 그러나 자신이 모난 돌임을숨기지 못하는 아이란 남달리 못된 것이 아니고 남보다취약한 것에 가깝다. 내가 정말 나빴다면 모두를 속이기위해 맘에 없는 예의 바름을 흉내 냈을 것이다. 좀 더 고차원적으로 어른들을 놀려먹으며 인생의 장르를 혼자만 웃는 시트콤으로 바꿔갔을 것이다. 나는 대체로 '영악하다'라는 평가에 시달렸지만, 일단 영리하지 않아 영악할 수 없었다. 그러나 '붕우유신'이라는 네 글자가 생각 안 나 '붕신'이라 말해버리는 아이가 받을 것은 오해뿐이었다.

게다가 나는 일찍부터 키가 컸다. 그래서 내가 하는 행동들은 또래보다 조숙해 보였고, 발달 지연을 발각당하지 않는 대가로 더 많은 비난에 휩싸여갔다.

평생 동안 사람들의 걱정과 조언이 빗자루 역할을 한다고 믿었다. 그러나 빗자루 모형에 불과했다고 생각한다. 그것들은 실속 없이 번드르르하기만 해서 내 삶의 쓰레기를 하나도 치워주지 못했다. 그래서 말을 휘두르는 사람이 많아질수록 얻어맞는 기분이 드는 것 같았다. 사실 사람들이 말하는 대로 살고 싶지 않았다. 모두가 입을 모아 좋다고 하는 것들이 하나도 좋아 보이지 않았다. 생에 대해 아무것도 몰랐지만, 누구도 내 삶에 나만큼 심각하지 않다는 것만은 알고 있었다.

실제로 나는 충고를 박살내는 식으로 세상을 배워갔다. 훌륭한 길보다는 직접 발굴한 진흙길로 걸으며 내가 되었고, 그런 식으로 특이하다 나답게 시시해지길 반복했다. 위인이 될 수 있는 사람은 너무 많지만, 내가 될 수 있는 사람은 나뿐이기 때문이었다. 아무도 내가 되길 원하지 않을수록 나는 더 고유한 존재가 되었다. 나는 늘 완전함보다는 유일함에 매료되었는데, 그럴수록 밖에선 물정 모르는 천둥벌거숭이 취급을 받았다.

나는 말한다.

"'천둥벌거숭이'에서 '벌거숭이'를 빼면 '천둥'이 남는데 그게 멋지다고 생각해."

"그런 말이 아니야. 그리고 굳이 따지자면 너는 '천둥'보다 '벌거숭이'에 가까워서 그 단어를 뺄 수가 없어."

"근데 나는 사실 '벌거숭이'도 멋지다고 생각해. 모두가 옷을 입고 있는 세상이니까 한두 명 정도는 알몸이어도 좋잖아?"

"그건 네가 아직도 뭘 모르기 때문이야……."

세상도 나를 몰라주는데 왜 나한테만 세상을 배우라고 하나……. 나는 사람들의 말에 동의하지 않으면서 꼬박꼬박 지쳐갔다. 세상을 배운다고 세상을 다룰 수 있게 되는 것도 아니었다. 세상이란 언제나 나의 조심보다 거세서서 알면 알수록 불유쾌한 기세에 압도되곤 했다.

세상이 내게 해주는 말은 네 존재가 아주 작기 때문에 너의 목소리엔 큰 힘이 깃들 수 없으니 이만 다물라는 권유뿐이었다.

나는 나보다 먼저 태어나 더 큰 세상을 보았노라는 사람들을 줄여 '세상'이라 뭉뚱그릴 수도 있다고 생각한다. 그렇다면 세상의 요구는 늘 착해지라는 것이 된다. 한때는 편해지고 싶은 마음에 나 역시 내가 좀 착해지길 바랐다. 올바르면, 비뚠 것을 고치면, 그래서 조금의 틀림도 없으면 내 인생도 이 삭막한 지구에서 체류 허가를 받을 수 있을 것만 같았다. 그러나 큰 오해였다. 나를 포기하자 주변의 가짜 빗자루들이 입맛을 짭짭 다시기 시작했던 것이다. 이미 망해버린 생태계에선 착한 인간이야말로 최상급의 고기가 되는 듯했다. 정신적 육식주의자들에게 시달릴 때마다 나는 너무 헷갈렸다. 누구 말을 믿어야 할지몰라 아무 말이나 주워섬기다 매일매일 기분을 망쳤다. 돌이켜 보면 '착해지겠다'라는 말은 남들을 위해 예쁜 접시를 준비하겠다는 뜻이었다. 선언하는 순간 나는 잘 익은 요리가 되고, 내 인생은 어쩐지 남들을 위한 식사처럼 차려지고 마는 것이다.

그래서 사랑하는 친구들에게, 그들을 사랑하는 만큼 자주, 너 자신이 놓여 있는 그 밥상을 발로 차라고 권하게 되었다. 먹히느니 차라리 아무도 못 먹게 먼지와 때를 묻히라는 의미였다. 이 방법은 도덕적 최선이 아니라는 면에서 최고였다. 마음이 시원했고, 반목하는 과정에 따르는 상처들을 영광스러운 투쟁의 결과로 만들어주었다. 그냥 넘어갈 수도 있는 일을 절대로 참지 않을 때마다 내 속의 가장 약한 나와 가장 강한 내가 전투적 비밀협약을 맺는 것 같았다.

이렇게 살면 가끔은 미쳤다는 평가에 노출되기도 한다. 하지만 스스로의 미침을 허용하는 인간만이 타인의 광기에도 조금쯤 유연할 수 있었다. 자기가 미쳤듯이 저 사람도 미쳤음을 이해하고, 그가 미칠 힘이 떨어져 제정신이 되기를 기다려줄 수도 있기 때문이었다. 그렇게 따지면 나 한 몸 미쳐보는 일은 다시 가장 이타적인 행위가 되었다. 그래서 이제는 미쳤다는 소리를 착한 일 스티커처럼 모으고 있다. 내 마음속 빈칸이 숭숭 뚫린 판이 다 채워질 때마다 수고한 나 자신에게 약간 비싼 무언가를 사 준다. 모쪼록 이해받지 못할수록 즐거운 삶이라 생각하면서, 즐거움은 고단함의 다른 이름일지도 모르겠다고 얼버무리면서.

나는 심이다

몇 년 전 과금을 불사르며 몰두했던 게임 중 '심시티 빌드 잇SIMCITY BUILDIT'이라는 게 있다. 내가 시장이 되어 가상의 시민 '심'들과 함께 도시를 개발해 나가는 게임이다. 대충 집 짓고 길 내고 공원이나 지어주면 될 것 같았는데 도시가 커질수록 심들의 아우성이 거세졌다. 어찌나 불만이 많은지 인앱구매를 남발해도 감당하기 힘들 지경이었다. 있는 돈 없는 돈 쏟아부어 경찰서를 지으면 하수 처리 시설이 없다며 드러누웠다. 땡전을 박박 긁어 하수 처리 시설을 완성하면, 또 거기서 악취가 나 못 살겠다며 코를 쥐었다.

그래도 나는 노력했다. 엄마 아빠가 잠들면 그들의 스마트폰까지 가져다 본 계정을 위한 부계정도 두 개나 돌렸다(이 짓거리로 욕을 많이 먹었다. 부계정의 심들이 엄마 아빠가 직장에 있을 때도 하염없이 알림을 보낸 것이다). 하지만 필사의 정열을 퍼부어도 심들의 만족도는 낮아지기만 했다.

　　'이 심 새끼들이……….'

　　쩔쩔매다 보니 점차 열이 받기 시작했다. 돈 되는 건물만 짓기도 바쁜데 복지니 뭐니 딴지를 거는 심들이 뻔뻔하게 느껴졌다. 심들은 세금을 냈지만, 지불하는 푼돈에 비해 너무 큰 권리를 주장하곤 했다. 나는 급기야 새벽녘 침대에서 벌떡 일어나 "미친놈들아, 나 정도면 착한 시장이거든? 싫으면 다른 도시로 가라고!"라고 외치기에 이르렀는데, 막상 이 말을 뱉고 나서는 소름이 돋았다. '와우, 이것이 바로 그동안 내가 만났던 사장들의 마인드로구나!'라는 깨달음이 찾아왔기 때문이다.

　　후에는 내가 경험했던 악덕 대표들의 얼굴이 차례로 스쳐갔다. 어릴 때부터 알바를 쉬지 않았고 성인이 된 후 이직도 잦았기에 상기할 인물들이 많았다. 성추행과 임금

체불, 가스라이팅, 직장 내 따돌림, 폭언, 보복성 업무 지시, 인격 모독 등등 별별 악몽이 가능했던 이유를 알 것 같았다. 단순했다. 그들에겐 회사가 '심시티'고 나를 비롯한 직원들이 익명의 '심'이었던 것이다. 노동력을 심들의 세금 개념으로 치환해보면 인식 차이가 더욱 명확해졌다. 나의 업무는 나에게만 크고 사장들에게는 한없이 작았을 거였다. 내가 회사에서 보내는 8시간도 그들에겐 8분처럼 짧아 보였을 테고, 그런 식이니까 우리는 영원히 존중 없는 수직 관계 속에서 서로를 멸시하게 되는 것이었다.

나는 고유한 이름과 서사를 가진 개인이지만 그조차 나만의 정의였다. 그 때문에 서로를 인간으로 여겼다면 일어날 수 없는 일들이 일상적으로 자행될 수 있었다. 죽을 때까지 사장들의 썩은 심리를 알 수 없을 것 같았는데, 시장이 됨으로써 맛보기에는 성공한 듯했다. 기분 나쁜 앎이었다. 순진한 나는 지금까지도 지나간 사장들을 나쁜 '인간'이라 칭하고 있었다. 그들이 나를 인간으로 보지 않을 때도, 나는 인간으로는 보고 있었다는 얘기이다.

당시엔 나도 모르게 악인들을 선의로 해석했다는 사실에 약이 올랐다. 이 사회는 너무 나빠서 자기가 착했다는 걸 깨달은 인간은 뒤통수를 얻어맞은 듯 얼얼해지고 만다.

그래도 후에 다시 한심한 회사에 들어가게 되었을 때, 심으로서의 정체화로 심신을 무장할 순 있었다. 이전의 나는 회사가 어떻게 대우하든 양심을 불태우는 사람이었다. 사장이 비정상이라고 함께 인성을 베리거나 무능해질 필요는 없다고 생각했다. 내게는 유형의 재산과 권력이 없는 대신 아무것도 없는 자 특유의 자존심이 있었다. 그것은 고결함에 대한 선망이었다. '열심히, 꿋꿋이, 충실히' 살면 언젠가 빛을 보리란 판타지 같기도 했다. 하지만 내가 그저 '심'이라면? 가늠할 수 없는 존엄과 함께 지고 있는 의무도 '0'으로 돌아가는 셈이었다.

심으로서의 자아는 사장들과의 적절한 거리감을 잴 때도 훌륭한 기준이 되었다. 가끔 진짜 나쁜 사람들 중에, 온탕은 혼자 누리면서 냉탕에만 같이 가려는 사람들이 있었다. 잘 벌 때는 한없이 개인주의자면서 못 벌 때는 가족애나 의리를 강조하는 타입이었다. 하지만 심은 경영에 휘둘리는 객체일 뿐 경영에 참여하는 주체가 아니었다. 나는 자본주의 네트워크를 둥둥 떠다니는 데이터에 불과하니까, 회사의 영광에서든 부진에서든 자유로웠고 언젠가부터는 그런 가벼움을 즐기게 되었다. 시장님 같은 사장님에게 기대하지 않으니 속이 썩도록 실망할 일도 없어졌다. 퇴근하는 즉시 남의 심시티를 잊을 수 있고, 일에 대한 예속을 버리면서 딱 그만큼 행복해졌다.

물론 가장 큰 행복은 누구의 심시티에도 속하지 않는 상태였다. 시장님이 하사하는 혜택은 없지만, 시장님 본인도 없다는 사실이 인생을 충만하게 만들어주었다. 진정한 복지란 사라져주는 것, 진정한 복수도 사라지게 해주는 것이란 생각이 들었다.

관계 절취선을 찢고 나서

몇 년 전에는 인생 최악의 친구와 지저분한 절연쇼를 벌였다. 나는 아직도 걔가 심했다고 생각하지만, 분통 터지는 사연을 여기에 적고 싶지는 않다. 일단 시작하면 이 글은 눈알이 휙 돈 나의 살풀이 이상도 이하도 아니게 될 것이다. 게다가 이제는 내게 유리한 지면에 그 애를 박제하지 않고도 괜찮을 만큼은 회복한 상태다.

그러나 당시에는 그 애가 당장 나자빠져 불행해지기만을 바랐다. 흑마술적 염원이라기보다 몹시 화가 나 품 위부터 벗어제낀 나의 알몸 포효 같은 것이었다. 나는 고약함과 심약함 사이에서 갈팡질팡하며, 하루에도 몇 번씩 그 애의 비참한 말로를 소망했다. 혹시나 이뤄질까 취소했다가도 때론 취소를 취소하고 싶어 찔찔 울었다. 그 애를 그리워한 적은 없었는데, 그 애를 사랑하던 시절은 언제고 머릿속을 간지럽혔다. 우리의 그때 말고 나의 그때로 돌아가고만 싶었다. 한 사람의 악행에 어째서 두 사람의 순수를 해하는 힘이 실릴 수 있는 건지 이해가 되지 않았다. 그때 나는 지독한 억울은 거의 통증에 가깝다는 사실을 배웠다. 실제로도 가슴속이 아렸고, 그 부분에 얹힌 울분을 빼려고 팡팡 두드리다 보면 겉도 아파졌다.

시달리는 와중에 '원수를 사랑하라'라는 격언이 떠오르기도 했다. 원수가 생겨보기 전에는 깊이를 알 수 없던 말이었다. 그러나 직접 해보니, 남을 미워하는 일은 좋아하는 일의 백 곱절로 고되었다. 마치 흉곽으로 하는 강제 노역 같았다. 사랑에도 많은 품이 들지만 증오에 비할 것은 아니었다. 누군가를 기약 없이 싫어하다 보면 내 심장이 아직 빛깔 좋고 통통한 자이언트 자두였을 때가 그리워졌다. 사랑하면서 더 나은 사랑을 전제로 벌이는 다

툼에는 힘든 만큼 빛나는 가치가 있었다. 그것은 싸우는 동안 내 것이 아니게 된 사람에게 내 품으로 복귀하라고 뻐꾸기를 보내는 일이었다. 그러나 미움을 지속하기 위해, 오로지 미움으로 끝장을 내자고 싸우는 일에는 남는 것이 없었다. 타인을 너무 미워하다 보면 제일 싫어지는 것은 나였다. 나는 상대방의 바닥을 목도하는 과정에서 같은 수준으로 곤두박질친 나의 바닥까지 견뎌내야 했다. 그 와중에도 두 바닥 중 어느 것이 더 깨끗한지, 누가 더 고차원의 인간인지 저울질해야만 속 시원해지는 나를 참기 힘들었다. 나는 점차 상대방에 대한 비난과 나에 대한 비판을 구분할 수 없어졌다. 그런 식이라면 '원수를 사랑하라'라는 말은, 원수를 응징하려던 밧줄로 네 목을 조르는 일을 멈추라는 말 같기도 했다.

흘러넘치는 악감정은 천천히 주변으로 스며들었다. 부끄러운 얘기지만, 그때 난 내게 적절한 위로를 건네지 못하는 지인들에게도 격분했다. 특히 '둘 다 잘한 것은 없다'라며 사건의 전후관계를 뒤섞는 사람들이 제일 싫었다. 쟤가 먼저 잘못해서 내가 방어하게 된 것인데, 행동의

무게가 똑같다는 판단을 납득할 수 없었다. 따라서 '그만 잊어', '이미 벌어진 일을 어쩌겠어', '계속 생각해봤자 너만 손해야'라는 위로들은 A4용지 한 장만큼도 양감을 갖지 못했다. 오히려 사람들의 최선이 나의 볼륨과 다를 때마다 외로움을 느꼈다. 나의 불행이 정말 나만의 큰일일 뿐이라는 깨달음이 나를 점차 고립시키기도 했다. 나는 결국 더없이 삐진 마음으로 벽을 세우며 모두에게서 돌아섰다.

지금은 그 과정이 꼭 필요했다고, 단지 과정의 일환이었다고 회상한다. 내가 받은 조언들의 방점이 '멈추라'보다는 '너를 위해'에 찍혀 있던 거라고도 납득한다. 하소연은 장작 같은 것이라 정당성을 부여받을수록 타오르는 습성이 있었다. 시멘트처럼 냉한 반응을 맞닥뜨리지 못했다면 나는 분노의 화염을 끌 수 없었을 것이다. 그때의 지인들은 내 몰이해를 감당하면서 명예 소방관이 되어준 고마운 이들이었다.

얼마 지나지 않아 나는 길길이 날뛰었던 지난날을

후회하게 되었다. 친구는 떠났지만 내가 나의 블랙박스로 남았기 때문이었다. 분노가 지나간 길은 온통 폐허였다. 나는 헨젤과 그레텔을 놓친 마녀처럼 그 허망한 길을 되짚었다. 묵묵히 탄 자국이 가득한 조약돌 교훈을 주워섬겼다. 화가 난 사람보다 추한 것은 화가 풀린 사람이로구나, 생각했다.

사랑이든 미움이든, 끓는 감정에는 기다림이 필요한 법이었다. 사랑이었다가 미움으로 둔갑한 마음이라면 더욱 그랬다. 두고 본 후에도 끓고 있다면 그때 온도를 확정해도 늦지 않았다. 그제야 '시간의 힘' 옆에 '빌린다'라는 동사가 따르는 이유를 알 것 같았다. 시간은 내 것도 내 편도 아니지만, 언제나 나보다 힘이 셌다. 그리고 너그러웠다. 내가 빌리고자 한다면 이자를 붙이지 않고 여유를 내어줄 것이었다.

쌍방과실

나 좋다는 사람 나도 좋던데…….

그러다 많이 속았어요. 처음에는 나 없이

못 살겠다더니 나중엔 나 없어야 살겠다더라고요.

- 영화 〈소년, 천국에 가다〉 중에서

전 애인 중 한 명은 나와 몇 개월 사귀어본 후, 내가 너무 과하다는 평가를 내렸다. 어찌나 엄중하게 선언하는지 나는 그가 내 남친이 아니라 제우스쯤 되는 줄 알았다. 신탁 같은 헛소리의 의중을 묻자 내가 보통 여자들에 비해 기가 세다는 대답이 따라왔다. 항상 본인 말에 너무 많은 대답을 한다는 것이었다. 놀라웠다. 나는 사랑하는 사람에게 할 말을 다해본 역사가 없었다. 바로 이럴까 봐 서였다.

"넌 내가 한 마디를 하면 열 마디 백 마디를 해. 제발 좀 고분고분할 수 없어?"

그때 나는 가여운 안구에서 그를 몰아내기 위해 눈을 감았다. 어제도 그제도 그끄제도……. 수없이 똥을 밟은 자리에서 이번에는 오바이트를 밟은 느낌이었다. 이렇게 자주 밟으면 이제는 길보다 밟는 이의 지성을 의심해야 할지 몰랐다. 이다지도 지루한 상황은 늘 약간의 욕설로만 새로울 수 있었다.

'습자지 같은 자식……. 또 팔랑거리는군.'

그러나 나는 그가 판단하는 것보단 세련되기 때문에 속마음과 다르게 입으로는 "자기야. 그건 네 빠그라진 자의식이 너 자신과 빚은 오해야. 근데 나와의 오해인 것처럼 말하면 너무 속상해"라고 울상을 할 줄 알았다. 나는 입술과 진심의 거리를 멀찍이 벌릴 줄 아는 내가 뿌듯했다. 그러나 애인들은 내가 나를 어떻게 여기는지는 묻지 않고, 자기가 나를 어떻게 생각하는지만 주구장창 털어놓았다.

하악…….

한숨 쉰다고 새로운 시비를 걸 때마다 말이 정말 많은 것은 누구인가 싶었다. 저렇게 많은 말을 하면서 가용 어휘의 개수는 또 어쩜 그리 적은지…….

내가 고른 사람들이 늘 이런 부류임을 깨달을 때마다 연애가 조금씩 구슬퍼졌다. 그렇다고 커다랗게 화를 내면 나는 더더욱 '여자답지' 않아 보일 것이었다. 너무 길길이 뛰는 나는 여자라기보다 오랑우탄 같아 보이지 않을까, 코딱지를 튕기면서 깊은 근심에 빠져들었다. 솔직히 말하면 오랑우탄으로 살고 싶기도 했는데, 이 나라에선 나보다 오랑우탄이 훨씬 자유로울 것 같아서였다.

오랑우탄.

무척 귀엽지만.

이것은 어디까지나 인간 두 명의 사랑 싸움이기에 나는 늘 변종이 되고 싶은 의지를 참아냈다. 차라리 비행기 속 프로페셔널한 승무원 흉내를 내보기도 했다. 비상구를 안내하듯이, 우리에겐 헤어지는 방법이 있으며, 사실 그것이 가장 현명하다고 일러주는 것이었다. 그러면 그는 밀물 시간인지 모르다 파도에 철썩 엎어터진 꽃게처럼 거품을 물었다. 나는 그 입에 칫솔만 꽂으면 양치질 같겠거니 상상하면서, 대충 화해하거나 진짜로 헤어지거나 때에 맞는 결정을 내렸다.

마침내 이별의 순간이 도래했을 때는 그가 떠난다는 사실보다 마지막에 던지고 간 저주가 더 마음에 걸렸다. 가짜 제우스는 내가 상대방을 약 올리는 습관을 버리지 않는 이상 좋은 남자를 만날 수 없을 거라며 울부짖었다. 꼭 너 같은 사람 만나보라고 핏대를 세우기도 했는데, 내겐 그 말이 모순된 축복처럼 느껴졌다. 나 같은 사람이면 괜찮은 인간일 것 같았고 그렇다면 좋은 남자를 만날 수 없으리란 그의 말은 그의 목소리로 뒤집히는 셈이었다. 나는 처음부터 끝까지 논리가 빈약한 자라고 흉보며 그의 뒷모습에 대고 쯧쯧거렸다.

그에게 신기라도 있었는지 곧 나랑 똑 닮은 새 남자를 만날 기회가 생겼다. 지금 생각하면 비슷하기나 했는지 모르겠지만, 당시엔 이 사람만이 나의 운명이라는 계시를 받았다. 새 애인은 딱 나만큼 명랑하며, 귀엽고, 착하거나 나빴다. 나로서는 그가 늦게 나타난 것조차 어떤 필연이라는 확신에 심장 박동을 압수당할 정도였다. 어렸던 나는 내일 당장 그와 결혼할 수도 있었다. 내일까지 참지 않기 위해 오늘은 혼인 신고만 하고, 식장이나 서로의 부모님 얼굴 같은 건 나중에 봐도 상관없을 지경이었다. 친구들은? 정신 좀 차리라면서 네가 무슨 '헐리웃 사고뭉치'냐고 물었다. 정신과 선생님도 "제발 신중하세요"라고 했는데, 돌이켜 보면 그 말이야말로 혹시 미치셨냐는 질문의 의학적 변주인 것 같았다.

그때 난 제정신으로 하는 사랑 따윈 사랑이 아니라고 생각했다. 사랑은 어감이 예쁜 글자를 취한 것만으로 아름다움을 다하여서, 사랑하는 사람들 사이에 남은 거라곤 어떠한 추잡이나 멸시나 포기 따위의 축축한 심정인 것만 같았다. 그래서 사랑의 면면이 아름답지 않아도 괜찮았다. 사랑의 효용은 힘들어도 지속하고 싶어 하는 열망에서 오는 거라고, 인간들은 사랑을 해부하려는 시도를 멈추고 감정적 순류에 몸을 맡기면 되지 않겠느냐고 낙관했다. 사랑은 시시한 광기를 갈빗대 안에 둘둘 뭉쳐, 심장이라는 오븐으로 구워낸 것에 불과하니까, 포기하지만 않으면 나도 내 인생의 파티시에가 될 수 있을 듯했다.

홀딱 반한 사람이 생긴 후로는 내가 나다움으로 모든 것을 망치리란 전 애인의 저주가 찝찝해지기 시작했다. 그것을 무효화할 수 있다면, 전 애인의 입에서 시작된 저주가 전 애인의 입에서만 파기될 수 있는 거라면, 그에게 진심으로 사과할 용의까지 있었다.

그러나 2주 만에 새 여친을 사귀어 럽스타그램의 늪에서 허우적대는 전 애인의 말 따위에 무슨 효용이 있었겠는가? 전 애인 때문이라면 마음이 편하겠으나, 나는 결국 나라는 방지턱에 걸려 넘어져 새 애인과도 상처 많은 이별을 하게 되었다.

　　나를 꼭 닮은 사람이란 초상화라기보다 필터가 하나도 적용되지 않은 셀카 같은 것이었다. 아름다움보다 아름답지 못한 결함을 비춘다는 얘기였다. 나는 필살의 순간마다 나처럼 구는 새 애인을 보며 그 전보다, 그 누구보다 나를 싫어하게 되었다. 그에게서 내가 보일 때마다 아무도 나 같지 않아 외로웠던 때가 차라리 낫다는 생각이 들곤 했다.

　　그는 사람을 너무 열 받게 했고, 뻔뻔했고, 오로지 입하나만 산 자였다. 그와 싸울 때마다 남자로 태어난 나와 그림자 복싱을 해대는 것 같은 허무함이 찾아왔다. 그래도 내밀한 사랑싸움에서 자아에 대한 객관성을 획득할 순 있었다. 둘 얘기를 하는 와중에도 한편으론, 계속 '이런 식의' 나를 참아온 타인들의 마음이 헤아려지는 것이었다. 나는 그에게서 남녀상열지사가 반면교사로 변하는 과정을 보았다.

우리는 약 2년 동안, 서서히 그러나 큰 폭으로 지쳐갔다. 누가 먼저 상대에게 헤어지자고 했는지는 기억나지 않지만, 누구의 입에서 나왔든 결국은 내가 나를 찬 것과 같았다.

당시에는 짓궂은 신이 잘 익은 우리 사랑에 대고 붕어빵 사냥을 벌인다는 생각이 들기도 했다. 모든 커플이 그렇듯 새 애인과 나도 싸우지만은 않았고 좋을 땐 또 좋았던 것이다. 잘못된 뜨개질처럼 얼기설기 엮인 추억을 들고 혼자가 된 내게는 저 멀리 가버린 새 애인이 가련한 붕어빵의 머리처럼, 그리고 여기 남은 나는 댕강 잘린 꼬리처럼 느껴졌다. 사랑이 식어도 상실은 상실이었다.

하지만 더 많은 시간이 흘러 격정이 사그라든 후에는, 신은 내가 벌이는 연애놀음 따위에 관심도 없다는 진리만을 깨닫게 되었다. 신처럼 신적인 존재라면 바보 둘이 만나 감정의 붕어빵이나 태워먹는 활동에 눈길을 줄 이유가 없는 것이다. 여기에는 당연히 전 애인의 예지력도 관여하지 않는다. 우리는 누군가의 음모를 필요로 하지

도 않을 만큼 엉망이었고, 그 때문에 서로를 망치며 계속
쓸쓸해질 뿐이었다.

성급한 과몰입의 실패

얼마 전엔 정신과에 찾아가 새 책 집필이 잘 안된다는 고민을 털어놓았다. 일해야 하는데 너무나 눕고 싶고, 실제로도 하루의 절반 이상을 침대에서 보낸다는 고백이었다. 어릴 때부터 가능한 모든 일을 누워서 처리했기에 새삼스러운 현상은 아니었다. 하지만 작금의 상황은 예전과 달랐다. 눕는 행위가 전처럼 편하지 않았던 것이다. 몸을 쉬면서도 묘하게 곤두선 스스로의 기색에 마음이 소진되는 기분이었다. 이런 식의 무기력이 무럭무럭 자라나면 우울증이 된다는 것을 알고 있었다. 아직 심각하지 않았지만, 심각해지기 전에 우울증 약을 한 바가지 먹고 싶었다. 그러나 이야기를 들은 선생님은 의외의 질문을 할 뿐이었다.

"지금 《젊은 ADHD의 슬픔》 나온 지 얼마나 됐죠?"

"한 달인가? 두 달이요."

"그렇다면 지금은 쉬어야 할 때입니다."

"하지만 계약을 해버렸고, 첫 책 쓰는 데도 몇 개월 안 걸렸는데요."

"집필 기간만 따지면 안 되지요. 글로 묶는 데 비교적 짧은 시간이 걸렸을 뿐, 그 책의 토대는 정지음 님이 ADHD로 살아온 세월 자체잖아요. ADHD로는 몇 년을 살았죠?"

"30년이요."

"그렇다면 그 책의 준비 기간은 30년이라고 보아야 해요."

"헉."

그때 갑자기 《젊은 ADHD의 슬픔》이 좀 더 특별해졌다. 나조차 허겁지겁 프로젝트(공모전 당선과 동시에 출간 날짜가 정해졌다)라 여기던 첫 작품이 어떤 시각에서는 장기 프로젝트로 해석된다는 사실 덕분이었다. 선생님은 내가 느끼는 조바심에 수치스럽고도 정확한 이름을 붙여주기도 했다.

"출판사에서 원고를 독촉하는 상황이 아니라면, 현재의 심정은 '성급한 과몰입의 실패'일 뿐입니다. 정지음 님 본인이 실패한 게 아니고 본인의 '과몰입'이 실패한 거예요. 그러니까 쉬어주란 말씀입니다……."

집에 돌아오면서는 간만에 많은 생각을 했다. 생각이야 늘 많이 하지만, 바깥의 공기가 뇌 속으로 들어와 주름과 주름 사이 먼지를 훑어내고 퇴장해주는 느낌의 상념은 오랜만이었다. 게다가 '성급한', '과몰입', '실패' 세 가지 낱말은 이미 내 인생을 대표하고 있던 표제어라 봐도 좋았다. 그 단어들의 면면이 전부 나의 약점이었기 때문에 그것들의 조합이 해답 비슷한 것으로 작용하리란 기대를 해본 적이 없었다.

하지만 '성급한 과몰입의 실패'란 개념은 그 후로도

여러 번 적재적소의 브레이크가 되어주었다. 실패로 여겨지는 상황이 닥칠 때마다 이것이 나라는 인간의 실패인지, 아니면 나의 고질적 습관 '과몰입'의 실패인지 생각해볼 수 있었다. 신기하게도, 돌이킬 수 없는 실패들은 거의 없었다. 대부분 고착화된 '습관들'의 사소한 실패였고, 해결을 위해 나 자체를 뜯어고칠 필요도 없었다. 나를 그대로 두되 나쁜 습관들을 조금씩 뒤집으려는 노력만 해도 상황은 많이 바뀌었다.

어리둥절할 때의 나는 차라리 확 튀어보는 편이었다. 완전히 반대편에서 신선한 실패를 학습하면, 기존 방식과 새로운 방식 사이의 중도를 찾기 쉬웠다. 나는 '성급한 과몰입의 실패'라는 현상의 대척점을 '느긋한 방치의 성공'으로 두고 그 지점을 갈구하기 시작했다. 일단은 억지로 붙잡고 있던 원고들을 팽개치고 다시 안락한 침대 속에 틀어 박히는 것이었다. 세상에나! 그렇게 편할 수가 없었다.

하루 종일 누워 있자니 그간의 인생이 구린 영화처럼 펼쳐졌다.

'성급한 과몰입'은 글 작업과 일상뿐 아니라 인간관계에도 너른 영향을 주고 있었다. 나는 사람 보는 눈이 전혀 없음에도 사람에 대한 판단만큼은 기민했다. 특히 새로운 친구나 연인 후보 앞에서는 늘 무도회에 지각한 초보 공작새처럼 굴었다. 저 사람이 1초라도 빨리 나를 좋아할 수 있도록, 그래서 내가 그 사실에 안심할 수 있도록 속전속결 나를 펼치려 들었다. "봐, 이것이 나의 꼬리깃이야. 제발 예쁘다고 말해줘!" 하며 전전긍긍하는 식이었다. 찰나의 어필로 상대방의 마음을 얻었다면, 그는 내게 좋은 반응을 주었다는 이유로 좋은 사람이었다. 반대로 빠르고 과잉된 내게 거부나 부담을 표시한다면 우리 사이는 끝이었다. 아직 아무것도 시작된 적 없다는 사실은 고려되지 않았다. 나는 빠른 결정이야말로 쿨하지 않으냐 떵떵거렸지만, 실은 불가능해 보이는 타인들을 배제하지 않고는 견딜 수가 없던 것이다.

　느긋하게 생각한다고 모두를 내 인연으로 포용할 수 있는 것은 아니었다. 하지만 인내를 들인 만큼 관계의 종결이 와도 편안하게 납득할 수는 있었다. 세상에서 가장

귀한 재화 '시간'을 두고 보았는데도, 내 방식이 아닌 다른 방식까지 써봤는데도 아니라면 진짜로 아니겠거니 수긍이 되는 것이었다. 그때 비로소 사람 사이는 '물 흐르듯 흘러 가야 한다'라는 관용적 표현에 대한 이해가 생겼다. 여태 까지의 내 방식은 '물 흐르듯'이 아니라 물살의 지배자가 되려는 억지에 불과했다.

나중에는 끝이라 확정지었던 인연들이 새로워지기도 했다. 완연한 끝이 아니라 휴식이 필요했던 관계, 잡기 위 해서가 아니라 놓기 위해 맹목을 발휘해야 했던 사람들 이 우수수 떠올랐다. 그러자 머릿속을 헤엄치는 사람들 모두에게 장문의 안부 인사를 보내고 싶어졌다. 다 보낼 까? 몇 명에게만 골라 보낼까? 구구절절 쓰지 말고, 메시 지 내용을 짧고 담백하게 줄여볼까? 생각하다가 아무에 게도 연락하지 않았다. 바로 지금 이 마음이 성급한 과몰 입이고, 나는 조금 더 성숙한 억제를 배울 필요가 있기 때 문이었다.

아낌없이 주는 나무(절망 편)

직장 생활을 하다 보면 모든 것이 차근차근 붕괴하다 결국 종말에 왔음을 인정하게 되는 순간이 있다. 급여, 모자라기 짝이 없고 업무, 지루하거나 과중하며 동료, 도무지 희망이 보이지 않는다. 그럴 때면 사무실을 구성하는 냄새와 소음부터 못 견딜 것이 된다. 익숙한 물건으로 어지러운 책상조차 남의 자리처럼 낯설어진다. 메뉴를 바꿔 봐도 점심 식사의 맛은 똑같다. 반경 1km 내 맛집들이 열과 성을 다해 '회사맛' 음식을 서빙하는 것 같달까……. 그렇게 좋아하는 커피도 구정물 같으니 입맛과 사는 맛이 동시에 사라진다.

나의 경우 이 시기의 고통스러운 권태를 물리치지 못하면 곧이어 몸이 아파지곤 했다. 가장 정확하고 급박한 신호는 구역질이었다. 술을 마시지도 체하지도 않았는데 뜬금없이 위액이 솟아 안 그래도 후진 컨디션을 급속도로 망치는 것이었다. 구역질은 그 자체로 더럽지만, 어떻게든 참아온 눈물을 기어코 짜낸다는 점에서 심정적으로도 수치스러웠다. 게다가 구역질 후에는 더 이상 너덜너덜한 긍정을 지속할 수 없었다. '괜찮아, 괜찮을 거야. 괜찮아지겠지?' 무지성으로 이어가던 생각들이 변기 물 한 방에 와르르 쓸려 나갔다. 이후에는 '공기 중에서 뻐끔대기만 해도 토가 나오는데 괜찮은 거겠냐?'라는 생각을 떨치기 힘들었다.

　　그러나 회사 화장실 바닥에 주저앉아 입가를 닦을 때조차 삶은 착착 이어졌다. 삶에 대한 과금이 이어진다고 말할 수도 있겠다. 내 생에 부여되는 온갖 요금들을 충당하려면 단순히 싫다는 이유만으로 사무실을 뛰쳐나갈 수 없었다. 당시엔 퇴사 후 주어질 행복을 구체적으로 상상해보는 것도 두려웠다. 내가 진심으로 도망만을 꿈

꾸게 될까 봐, 그리하여 반드시 이뤄낼까 봐 오히려 겁이
났던 것이다.

어떤 회사에서는 겁쟁이로서의 안정망을 설계하는
데 온 힘을 쏟았다. 급여, 내 주관이 아니며 업무, 마찬가지
였다. 막내인 내가 어떻게 해볼 수 있는 것은 상사들과의
관계뿐이었다. 당시엔 가장 먼저 '아낌없이 주는 나무' 전
략을 떠올렸다. 사람들에게 그저 잘해주고, 더 잘해주어
누구도 나를 핍박하거나 불이익을 떠밀 수 없게끔 윈-윈
을 도모해보는 것이었다.

억지로나마 밝음과 선함을 표방하는 동안, 나는 실
제로도 조금씩 그런 사람이 되어갔다. "좋아요!", "저 주
세요!", "제가 할게요." 능동적인 표현들이 꿈꿈하던 나
의 수동적 일상을 걷어주는 것 같았다. 그러나 인생은 평
판이 좋아지는 식으로 나빠지기도 하는 것이었다. 스스로
나무가 되려 하자 온갖 인간들의 도끼가 꽂혀 왔다. 내
생각에 양심의 부스러기라도 남은 사회라면, 누군가가 거
듭 "제가 할게요"라고 말하는 상황에서 가식적인 칭찬이

나 거절도 따라줘야 옳았다. 그러나 교양머리 없는 회사에서는 "제가 할게요"라는 말을 남발할수록 아직 동의하지 않은 일까지 내 몫으로 둔갑할 뿐이었다.

마침내 남들끼리 먹은 배달 음식 뒷정리까지 내 소관이 되었을 땐 뭔가 잘못되어간다는 걸 피부로 체감할 수 있었다. 사실 어렵진 않았다. 내가 하는 일 가운데 그게 제일 부당한 것도 아니었다. 그렇지만 백날 상을 치우고 설거지, 분리수거까지 마친들 아무도 고마워하지 않는 게 문제였다. 어떤 날엔 문득 견딜 수 없이 화가 솟았고, 나도 모르게 싹싹 긁어모은 음식물 쓰레기를 회의실 바닥에 패대기치고 말았다. 찰푸닥! 소리에 칫솔을 들고 어슬렁대던 포식자들이 달려왔다. 절대로 도와주지 않으면서 호들갑만 떨길래 나도 그만큼 수선을 피웠다.

"너무너무 죄송해요, 실수로 그만……."

"어우, 조심했어야지! 근데 너 이거 실수 맞지?"

"그럼요. 어떤 미친놈이 이 드러운 걸 일부러 쏟겠습니까?"

나는 결백해 보이려고 어금니까지 입을 찢고 웃었는데, 어쩐지 다음 날부터는 애 성격 또라이 같다는 소문이 돌았다. 근데 아무렇지도 않았다. 오히려 속이 시원했다. 내가 무릎 꿇고 바닥을 닦는 모습을 본 사장이 갑자기 노발대발했기 때문이다. "왜 그걸 너 혼자 닦고 있는 거야?"라고 물어주었다면 일말의 인간미를 느끼고 뭉클했을지 모른다. 그러나 그는 "누가 사무실에서 냄새나는 거 먹었어?"라고 방방 뛸 뿐이었다. 자동으로 내가 먹은 척하고 넘어가자는 선택지가 떠올랐으나 나는 나를 거슬렀다. 쟤랑 쟤랑 쟤가 그랬다고 다 일러바치고 걸레를 빨러 떠났다.

내게는 비상사태를 만날 때마다 선하게 행동하려 드는 습관이 있었다. 어설프게 착한 척하다 반드시 실패하게 된다는 징크스도 있었다. 일련의 과정이 약자를 자처하는 지름길이라는 걸 알면서도, 처음부터 이판사판을 택할 순 없었다. 딱히 착하지도 못한 주제에 착함을 선망하기 때문인 것 같았다. 그러나 선망이 나를 항상 나은 곳으로 데려가 주는 것은 아니었다. 어떤 목표는 욕심내지 않을수록 빛이 났다.

　나는 마침내 내가 그리 착하지 않음을 인정했다. 그렇다고 나빠지지도 않으면서, 허무맹랑한 '아낌없이 주는 나무' 프로젝트를 폐기했다. 다음으로는 농담을 배워갔다. 회사에서는 흔쾌히 수락하는 말보다 무사히 거절하는 말들이 더 값지다는 걸 깨달았기 때문이다. 내 성격에 대한 악평은 사라지지 않았지만 '너스레를 잘 떤다'라는 평가가 추가되었고, 이후의 생활은 전보다 편해졌다. 밥 시중을 멈추고부터는 싫어하던 상사들과의 사이가 오히려 개선되기도 했다. 그중 한 명은 내가 퇴사하던 날 눈물을 보일 정도였다. 나는 "저도 너무 아쉬워요. 우리 꼭 밖에서 만나 술 한잔 해요!" 말하고 다시는 그쪽으로 침도 뱉지 않았다.

프라푸치노를 엎지른 아기

아이가 있는 집을 생각하면 언젠가 스타벅스에서 만난 세 가족이 떠오른다. 젊은 부부와 한두 살쯤 되어 보이는 아기가 내 옆 테이블에 앉아 있었다. 통통한 뺨을 넋 놓고 보던 찰나, 아기 팔에 부딪힌 녹차 프라푸치노 두 잔이 순식간에 엎어졌다.

퍽! 하는 소리와 함께 걸쭉한 액체와 크림이 바닥으로 흘렀다. 소동에 놀란 아기도 울음을 터트렸다. 아빠가 티슈를 가지러 뛰어갔기 때문에 날카로운 시선을 받는 건 아기와 엄마였다. 아니, 아마도 그 순간엔 엄마인 것 같았다.

순간 여자의 얼굴에서 목격한 것은 이상하리만치 커다란 공포였다. 음료를 엎었을 뿐인데 스타벅스 건물을 무너뜨린 사람처럼 질려 있었다. 프라푸치노가 뚝뚝 흐르지 않았다면 정지화면처럼 보였을 것이다. 반사적으로 내 트레이의 티슈 뭉치를 건네자 여자가 거의 울려고 했다.

"감사합니다."

실제로 들은 건지, 달싹이는 입 모양만으로 읽어낸 건지 확실치 않다. 하지만 내 또래 여자의 눈이 빨개서 나도 울 것 같은 기분이 되었다. 코로나 전이니 '맘충'이란 단어에 너도 나도 수치심이 없을 때였다. 젊은 엄마들을 유별난 사건의 주범으로 지목하는 증언이 유행하던 때, 누구나 엄마들의 마음을 상하게 하고 누구도 사과하지 않을 때 말이다. 그러니 그 여자가, 아니 그 엄마가 부끄럼이 많아 얼어붙었다곤 생각하지 않는다. 그녀를 겨눈 게 눈총이라는 이름의 기관총이었다고 짐작할 뿐이다.

헐레벌떡 돌아온 아빠는 아기를 안아 올리며 동서남북으로 네 번 사과했다.

"죄송합니다, 죄송합니다, 죄송합니다, 죄송합니다."

이젠 대부분 이쪽을 쳐다보지 않는데도 그랬다. 네

배로 죄송하다기보단 네 배로 죄송해하는 게 가족을 욕 먹이지 않는 방식이라 여기는 듯했다. 그는 자리를 닦아주러 온 직원에게 두 번 더 죄송해졌다.

"죄송합니다. 정말 죄송해요. 저희 애가 실수로……."

어머니 또래의 중년 직원은 바닥을 닦다가 아기와 눈을 맞췄다. 울음을 그칠 때까지 다정한 미소로 얼러주다 마침내 이렇게 대답했다.

"아기가 엄마 아빠 닮아 너무 예쁘고 순한데요."

부부가 진짜로 긴장을 해제한 건 바로 이 순간이었다.

두 사람은 자리가 깨끗해진 것을 확인하자마자 아이를 안고 카페를 나갔다.

새삼 아기와의 외출은 저런 돌발상황을 만나는 것이구나 깨달았다. 맛도 못 본 음료 값을 지불하고 도망치듯 집에 가는 기분은 어떨까? 세상 모든 부모들은 아이 탓 아닌 속상함을 어떻게 이겨내고 있을까? 누가 낳으라고 하지도 않은 '네 아이니까, 네가 감수'하란 주장은 너무 폭력적이고 냉정하다는 생각이 들었다.

이렇게 쓰는 나도 양육자의 외출이 제한되는 현실을

깊게 헤아린 적 없었다. 아이와 외출한 양육자가 어떤 고충을 만나는지에 대해서도 그랬다. 폭력에 가까운 냉정함은, 냉정함을 가장한 폭력은 내 속에도 만연했다. 이유는 명쾌했다. 내 아이도 아니고, 내 슬픔도 아니고. 내가 남의 몫으로 할애하는 상냥함은 오롯이 내 권한이기 때문이었다. 그러나 어떤 권한은 안 주기로 다짐하는 즉시 권력이 되었다. 안 주면서도 충분히 휘두를 순 있었다.

하지만 그런 배려는 우리 모두가 사회에 좀 갚아야 하는 영역이었다. 어린 나를 키운 것도 부모님만은 아니었다. 슈퍼에서는 배가 뜬금없이 고파지는 나를 위해 얼마든지 외상을 줬다. 엄마 아빠가 때 맞춰 갚는다는 전제였지만 그건 서른에 다다른 지금까지 고마운 아량이었다.

한번은 심부름을 하다 넘어지면서 판두부를 순부두로 으깨버린 적도 있었다. 계산이 끝났는데도 두붓집 아저씨는 내 무릎과 손을 털어주고 새 두부를 포장해 줬다. 어떤 타박도 없었기 때문에 한동안 물건을 산 직후 망가트리면 당연히 가게에서 또 주는 줄 알았다. 내가 세상을 좋은 쪽으로 착각할 수 있었던 것은 생판 남인 어른의 손해와 배려 덕분이었다. 어른들이 미숙함을 근거로 날 몰아붙이지 않고 자주 도와주었기에 나는 성격보다 덜 모난 사람으로 자랄 수 있었다.

공연히 커피를 저으면서, 아이를 두고 나온 부부의 모습을 상상해보았다. 단지 커플인 두 사람이 똑같은 음료를 엎었대도 내가 이 사건을 기억했을까? 오히려 일어난 적도 없다는 듯 기억에서 사라질 해프닝이었다. 그래서 이 사건은 나라는 미혼 여성의 인식을 바꾸는 계기로 오랫동안 작용했다.

내 것이 아닌 역할들…… 어쩌면 영원히 내 몫이 아닐 역할들. 어린 엄마나 아빠, 그보다 더 어린 아이들에 대해 종종 생각했다. 노력해도 출산과 육아에 따르는 모든 부담을 헤아릴 수는 없었다. 하지만 "젊은 부모, 특히 젊은 엄마들 중 개념 없는 사람 많다"라는 편견에는 반대 의견을 피력하게 되었다.

이런 종류의 다툼이 고루한 이유는 서로 자기가 본 것만 근거로 우겨대기 때문이었다. 상대방은 자기가 아는 젊은 부모들, 특히 엄마들의 기행을 늘어놓는다. 나는 미담이든 괴담이든 몇 가지 사례가 모든 부모를 대표할 수 없다고 보았다. 내가 아닌 1992년생들이 나를 대표하지 못하듯 말이다.

어쩌면 이런 건 무조건 오해하고 싶은 마음과 무조건 응원하고 싶은 마음의 부딪침인지도 몰랐다. 하지만 내가 알기로, 무조건적인 오해가 곧 혐오였다.

게다가 이건 명백히 젊은 부모들, 특히 '젊은 엄마들'에게 불리한 싸움이었다. 어떤 계층을 싸잡아 낮추는 인식이 퍼지면 그것을 뒤집기 위해서는 더 많은 증거와 결백이 필요해졌다. "정지음은 범죄자다!"라는 누명을 "아니야!"란 부정만으론 씻을 수 없는 것과 마찬가지였다. 내가 범죄자라는 발언이 효력을 가지면, 모두 내가 '어떤 종류의 범죄자인지' 뜯어보기 마련이었다. 그러면 난 흉악한 범죄자가 되고, 그 과정에서 파생된 억울함과 소명 책임도 전부 내 빚으로 남는 구조였다.

시대가 아주 조금 변해서 '맘충'이란 단어도 서서히 죽어가고 있다(고 믿는다). 이제 맘충은 지칭하는 대상보다

이 말을 사용하는 이의 수준을 공격한다. 하지만 우리 사회가 정말 그 단어를 잊었는지는 모르겠다. 젊은 엄마와 어린아이의 사소한 실수를 만날 때 조금도 떠올리지 않는지는 모르겠다. 확실한 건 맘충으로 대표되는 악의를 함께 멈춰야 한다는 것이다. 이 점에선 엄마 아닌 사람들이 엄마들보다 더 많은 의무를 져야 한다. 엄마들은 아이를 최우선적으로 지키겠단 약속을 보였으니, 엄마들을 위한 방어는 다른 어른들의 영역으로 확대되어야 한다.

정 싫다면 이렇게 생각해볼 수도 있다.

한 타깃에 대한 공격이 약해지면 불특정 다수의 갈 길 없는 분노는 다음 타깃을 찾기 마련이다. 맘충이란 단어의 사용을 용인했던 우리는 모두 어떤 의미의 벌레이자 어떤 측면의 약자였다. 나만 해도 '폰충', '흡연충', '설명충', '진지충'이고 남이 볼 땐 더 다채로운 벌레일 것이었다. 다음 시대의 혐오, 그다음 시대의 혐오, 그다음, 다음에서 누가 자유로울 수 있을까? 사회가 나를 혐오하기로 작정할 때 나는 지금의 엄마들처럼 서글프게 꿋꿋할 수나 있을까?

부끄럽게도 나 역시 한때는 맘충이란 단어를 소비했다. 카페나 음식점에서, 영화관에서 아이가 있는 가족을 성가시게 여겼다. 그러지 않았다면 세상에 어린 시절 받은 배려만 갚아도 되었을 텐데. 나는 어른이 된 후 저지른 무식 때문에 때때로 고개를 들 수 없다. 그래서 길 가다 눈이 마주치는 모든 아이에게 애매하게 웃어 보이는 것이었다. 멋쩍은 미소에는 이런 의미가 있었다.

　　'내 못 배운 말과 생각들을 사과할게…… 너한테, 그리고 너희 부모님한테…….'

내겐 너무 모자라거나 더부룩한 사랑

몇 년 전에는 살찐 나를 참지 못하고 비만클리닉을 찾았다. 성장기를 지나다 못해 노화의 영역을 노크 중인 내가 이다지도 배고픈 이유를 납득할 수 없었다. 내게 주어지는 식량은 충분하다 못해 넘칠 지경이었고, 몸무게도 경도 비만을 넘어 중도로 치닫는 실정이었다. 그때는 조급증이 나 빌어서라도 식욕억제제를 쟁취할 생각이었다. 하지만 의사 선생님은 생각보다 양심적이었고, 단호했다. 안 된다는 것이었다.

그는 자기가 나라면 절대로 식욕억제제를 먹지 않을

거라고 했다. 그럼 이 미칠 듯한 식욕을 어쩌냐고 물으니, 그저 참아야 할 뿐이라는 대답이 돌아왔다. 아직도 기억나는 말은 "배고프다고 반드시 뭔가를 먹어야 한다는 뜻은 아니에요"다. 배고프다는 느낌에 음식을 지불할 필요가 없다니, 그런 생각은 해본 적이 없었다. 기질적으로 참을성이 부족한 내게는 약간의 허기도 유난한 결핍으로 느껴졌다. 그래서 아무 때나 아무런 음식으로 폭식을 했다. 처먹듯이 먹는다고 만족스럽지도 않으면서, 먹기 전부터 앞으로의 후회를 예상하면서 늘 찰나의 욕구를 어쩌지 못했다.

빈손으로 털레털레 귀가한 나는 세미 뚱보의 삶을 받아들이며 그냥저냥 살아갔다. 체중은 딱히 다이어트를 한다고 할 수 없을 정도의 속도로 조금씩 줄다 과체중쯤에서 정지했다. 내 몸의 불유쾌한 볼륨을 감수할 줄 알게 되면서 선생님의 말도 잊혔다. 그러던 어느 날이었다. 뜬금없이 '나 연애를 꽤 쉬지 않았나? 조금 외롭지 않은가?' 싶자마자 의사 선생님의 한마디가 뒤통수를 때리는 것이었다.

"배고프다고 반드시 먹어야 한다는 뜻은 아니에요."

그렇다면 외롭다고 사람을 사귀어야 한다는 뜻도 아니지 않을까.

사랑이란…… 대체 무엇일까…….

나로 말하자면 이 지리멸렬한 물음의 해답을 찾느라 20대를 연애로 허비한 사람이었다. 어릴 땐 연애 공백을 두지 않는 내가 정열적으로 느껴지기도 했으나 사랑과 연애를 혼동했던 기간은 결국 상처로만 남게 되었다. 내 연애는 대부분 너무 급해서 만남도 헤어짐도 허겁지겁 때워버린 식사처럼 허망하고 불만족스러웠다. 급체 같은 이별을 겪고 나면 폭식 같은 더부룩함이나 야식 같은 부적절감이 따라왔다.

돌이켜 보면 심심한 외로움들은 늘 허기와 결을 함께 하고 있었다. 하지만 나는 외롭지 않은 순간에도 앞으로 덮쳐올 외로움을 시시각각 재단했고, 마음의 냉장고를 연애 가능성으로 꽉꽉 채워두었다. 배고프지 않아도 일단 먹어두는 애정들은 군것질 같기도 했다. 그 때문에 어떤 만남들은 간식 타임처럼 나를 스쳐 갔다. 포만감은 없으나 짧은 시간 정말로 달콤하였고, 무료한 순간마다 비슷한 맛을 다시 찾게 되었다.

그때 난 여러모로 사랑의 속성을 오해하고 있었다. 남들 것도 그렇지만 내 마음의 그릇을 가장 몰랐다. 나는 내가 매우 깊어서 사랑을 남발해도 바닥을 드러내지 않으리라 여겼다. 그러나 잔정이 많은 것과 사랑이 깊은 것은 달랐다. 따지자면 나는 전자였고, 후자라고 오해한 대가로 많은 사람과 셀 수 없는 시간들을 헤맸다. 연애라는 개별 경험이 사랑에 대한 관념적 이해로 축적되리라고 믿었으나 그저 나와 누군가들을 세트 상품으로 엮어 소비하고 있던 것에 불과하였다. 하지만 사람 만나는 일을 마트에서 카트 채우는 것처럼 해서는 안 되었다.

근원을 알 수 없는 연애욕은 비대해진 식욕처럼 조절되었다. 그때 나는 인터넷에 널린 의문의 연애팁들 대신 영양학 교양서들을 펼쳤다. 가정의학과 의사의 유튜브 영상들을 섭렵하기도 했다. 사실 전문가들이 하는 말은 명료했다. 매끼 원재료에 가까운 균형식을 먹고 제시간에

자고, 적정한 활동량을 계획하여 행하면 체중과 생활은 돌아온다는 것이었다. 지키기는 힘들었으나, 일단 시늉이라도 하면 멧돼지처럼 널을 뛰던 식욕도 시무룩해지곤 했다.

　내 생각에 현대인의 외로움 다이어트도 비슷했다. 정신이 먹는 밥상을 차린다고 가정할 때 첨가물 없이, 과잉이나 무리 없이 섭취할 수 있는 식단이란 결국 다른 건강한 관계였다. 가족과 친구, 반려고양이……. 그들과의 사랑은 연인과의 사랑과 달랐으나 썩 나쁘지 않았다. '적절한 활동'에 해당하는 건 역시 일이었다. 사실 연애하는 동안 나는 일에 재미를 붙이지 못하므로 이는 깨달을 것도 없이 이미 아는 바였다. 체중 감량과 외로움 다이어트가 비슷한 걸 보면, 진정한 자기 관리는 날씬한 몸으로만 증명되는 것이 아닌 듯하다. 건강한 신체에 건강한 정신이 깃든다는 말은, 몸을 가꾸듯 마음 또한 챙겨줘야 한다는 조언으로 들리기도 한다. 아는 대로 행하는데 어째서 몸만 붇고 마음은 마르는지 모르겠다.

인생 개혁 프로젝트의 종말

스물다섯에 ADHD와 우울증을 한꺼번에 발견한 나는 반미치광이로 퇴행하고 있었다. 안 미친 반쪽으론 둘째 딸, 회사원, 여자 친구 같은 역할을 연기했기 때문에 겉으로 드러나는 광증은 아니었다. 하지만 내 마음은 정신병의 법원에서 무기징역을 선고받은 듯 참담했다. 매일매일 출근하거나 놀러 다니면서도 내 안의 감옥에서 한 발짝도 나오지 못했다. 공사다망했으나 누굴 만나든 스친 것조차 아니었다. 끝나지 않았기에 나는 절망의 중량을 몰랐다. 부피도, 농도도, 깊이도 몰랐다. 아무것도 모르면서 그저 내가 망할 것임을 알았다.

망할 거라 예상하고 실제로 몇 년을 망쳤으므로…… 나는 내 운명을 다 아는 사람처럼 보였다. 그러면서도 한 치 앞을 모르는 불안에 갈려 소금이 되도록 울곤 했다. 퉁퉁 부은 아침에 약을 먹으면 기프티콘 같은 정열이 살아났다. 그리고 밤에 다 죽었다. 아무래도 기프티콘이니까, 용량만큼의 희망을 교환한 후엔 가치를 잃는 모양이었다.

정신과의 정회원이 된 후로는 끊임없이 꿈을 꾸었다. 똑똑해지는 꿈, 특별해지는 꿈, 온전해지는 꿈. 그런 내 모습은 꿈에서만 가능하다는, 불신이 제거된 꿈, 박수갈채를 받는 꿈, 박수갈채가 내 것임을 절대로 의심하지 않는 꿈. 꿈으로 시작해 꿈으로만 끝나는 거짓들을 주워 담으며 살았다. ADHD만 아니면 모든 꿈이 현실이리란 환상통이 나를 괴롭혔다. 그때 느낀 건, 이렇게 생각이 많은데도 생각만으론 아무것도 변하지 않는다는 사실이었다. 실현력이 없는 나의 꿈들은 미래가 아니었다. 과거도 아니고, 현재도 아니고 그저 영원히 갈 수 없는 어느 지점이었다. 그래도 꿈에 빚을 지듯 희망을 추출할 순 있었다. 가축이나 식물에게 그리하듯이, 나 자신에게 일종의 품종 개량을 시행하겠다는 선언이었다.

내 속의 열성 ADHD 인자들을 제거하고 최고급의 나로 우뚝 선다면 현대 개량종들이 누리는 평가도 내 것이 될 것 같았다. 나는 편리하게 경영되기 위해, 병충해에 강해지기 위해, 금전의 수확량을 늘리기 위해 자신의 토종적 기질을 누르기 시작했다.

본래 나는 과격했다. 그래서 순종적으로 굴었다.

드세지려는 본능이 나올 때마다 "순종적인 사람들은 너처럼 하지 않아. 네가 하고 싶은 것의 반대가 순종이야"라고 되뇌었다. 나는 사회생활에 도움 안 되는 식으로 호불호가 강했는데, 그런 표현도 전부 금지되었다.

"싫다고 하지 마. 좋다고 하지 마. 싫은 걸 잘 참아냈다고 자랑하지도 말고, 네가 실은 뭘 좋아하는지 말하지도 마." 입도 떼기 전부터 입 열려는 시도 자체로 비난받기 일쑤였다.

사그라드는 검열은 없으므로 사이코 같은 내레이션은 금세 인간관계 전반으로 확대되었다.

"남자 친구한테 사과해. 네가 이기적으로 굴었잖아? 너는 어떻게 잘해보려고 해도 이기적이냐?"

"ADHD 가지고 세상 끝난 것처럼 굴지 마. 너 하나 징징댄다고 이 커다랗고 위대한 세상이 바뀌진 않아."

"친구들한테 잘 좀 못 해? 애들이 너랑 놀아주느라 얼마나 힘들겠냐고."

"슬프다고 생각하지 마. 기쁘다고 우쭐하지 마. 하고 싶은 모든 것을 제발 하지 마."

이것들을 다섯 글자로 줄이면, 가스라이팅이다. 내가 제정신을 팽개치고 내면의 보이스에 피싱당한 이유는, 이런 방식이 실제로 외부와의 갈등을 줄여주기 때문이었다. 바보 역할을 자처하던 시절 난 누구와도 싸우지 않고 누구 말에도 반대하지 않으며 평판의 황금기를 누렸다. 평판이 황금 낱알로 보여서 사람들의 꽁무니를 쫓으며 갈구하던 시절이었다. 오로지 평판으로만 ADHD를 보상받을 수 있다는 듯이, 평판이 ADHD 치료 효과의 척도라도 된다는 듯이. 집착적 온화함으로 다신 안 볼 사람들에게도 공을 들였다. 스스로를 공공재로 만드는 일이 가능했다는 점에서 난 실제로 착했다. 그러나 큰 착각은 약한 것이 악한 것보다 이롭다는 생각이었다. 악할 수도 있는 인간이 약하기를 선택하면, 모두가 내 본성을 참작해주리란 낙관이었다.

상황은 천천히 그러나 나쁘게 튀었다. 내 감정을 억압하며 모든 타인을 긍정하자, 나를 만만히 여기는 사람들이 들러붙기 시작했다. 당시엔 이렇게까지 노력하는 나를 누군가가 함부로 대하리란 생각을 못 했다. 사람을 믿어서가 아니라 생의 추상적 진리를 믿기 때문이었다. 노력하는 자에게 영광이! 노력만을 믿느라 노력에도 종류가 많고, 어떤 노력은 틀린 결과를 불러온다는 걸 고려하지 못했다.

착각의 대가로 인생 최악의 착취자들을 연달아 만났다. 나쁜 사장, 나쁜 친구, 나쁜 애인, 나쁜, 나쁜, 나쁜……. 그들은 빈집털이처럼 나의 이해와 관용, 존경심, 자존감을 훔쳐 갔다. 슬플 때 다그치고 기쁠 때 깎아내리는 식으로 왜곡된 나의 현실 인식을 한 번 더 비틀었다. 나는 그들과의 마찰이 당황스러워 계속 반성하고 사과했다. "미안하다, 생각이 짧았다"라는 말을 그렇게나 많이 하는데도 과열되는 내 잘못들을 믿기 힘들었다.

유감스러운 사건들 덕분에 거지 같은 인생 개혁 프로젝트를 한 큐에 끝낼 수는 있었다. 나와 별개로 각기 추악한 인간 군상들을 보며, 악인들에겐 잘해봤자라는 통찰을 얻은 것이다. 시간은 좀 걸렸다. 당시엔 못 견디겠다는 생각으로만 버텨지는 1분 1초 속에서 많은 사람을 미워했다. 매 순간 억울했고, 남이 만든 악몽에 사로잡힌 내 처지가 황망했다. 그래도 길몽과 악몽을 두루 탐닉하며 몽상의 속성을 볼 수 있었다. 좋은 생각들은 환상임을 인지할 수 있었지만, 나쁜 생각은 반대였다. 악몽들은 '언젠간 끝날 것'이란 감각을 마비시키며 현실감을 흉내 냈다.

하지만 불굴의 ADHD 용사는 절망을 오래 갖고 놀

수 없는 법이다. 당시엔 은희경 작가의 《새의 선물》에 나오는 다음과 같은 구절에 큰 위로를 받았다.

삶이 내게 할 말이 있었기 때문에 그 일이 내게 일어났다.

이 문장을 떠올릴 때마다 타인의 악의에 악의로만 맞서고 싶은 격정을 타이를 수 있었다. '저 사람은 왜 저렇게 살까?' 내가 매일 하는 생각의 중심은 '저 사람', 즉 남이었다. 하지만 '삶이 내게 무엇을 알려주려고 저 사람을 보냈을까?'라고 생각하면 다시 내가 주인공이 되었다. 내 인생의 조연들이 오로지 장치일 뿐이라는 생각이 들 때마다 삶이 하는 말들을 빨리 알아듣고 싶어졌다. 한 번에 못 알아들으면 비슷한 에피소드가 반복될까 두려웠다. 삶은 지루하고 압도적인 호랑이 선생님이니까, 내가 훌륭해질 때까지 불행으로 가장한 가르침을 멈추지 않을 것 같았다.

삶의 속내를 짐작하는 과정에서, 복수에 대한 생각을 정리했다. 내가 꿈꾸는 복수는 죄다 범법이어서 이룰 수 없었고, 이루지 않는 게 나았다. 그렇다면 타인을 죽이지 않으며 제거하는 방법을 배워야 했다. 내 생각에 방법은 잊는 것뿐이었다. 망각을 용서의 개념으로 두면 해주기 싫기 때문에 두 가지를 분리했다. 나는 절대로 용서하지 않으면서 다 잊었다. 아무것도 용서되지 않기에 더 열심히 잊어버렸다. ADHD가 있으면 잊고 싶지 않은 것도 잘 잊기 때문에 잊고 싶은 것쯤이야 우습게 잊을 수 있다고 믿었다. ADHD로 인해 많은 붓기와 콧물과 티슈 낭비를 예방할 수 있었으니 약간의 덕을 본 셈이다.

최후의 내가 천사가 된 것은 아니었다. 난 그냥 인간이기 때문에 잊었다고 생각한 것들에 불시에 사로잡힐 때도 있었다. "생각해보니까 열 받네." 혹은 "생각할수록 열 받아." 연쇄적 데굴데굴 분노로, 여름에도 냉동고에 갇힌 듯한 감정을 느낄 수 있었다. 그럴 땐 내 삶보다 내게 상처 준 사람들의 삶을 믿었다. 그들이 그들이기 때문에 스스로 망쳐나갈 세월과 사건들을 기대했다. 망하라고 생각하고 망하는 데 힘을 보태지는 않는 것이었다. 지금도 내게서 200ml 이상의 눈물을 짜낸 사람들이 장수하길 바란다. 그런 인간성으로 오래 사는 게 과연 축복일까 싶은 것이다.

몇 번의 자아 폭발을 겪은 후, 푸른 장미나 샤인머스캣이 되자는 다짐은 박살 났다. 꽃이나 포도를 설계하는 것처럼 나를 고칠 수는 없었다. 나는 조작 같은 방식으로 수정될 필요도 없는 사람이었다. 이제는 인생 개혁에 목매지 않는다. 어쩌면 삶이 내게 궁극적으로 하고 싶었던 말이 바로 그것 아닐까 싶다. 길길이 뛰거나 실실 웃거나, 빌빌거리며 낭비한 순간들이 결국 하나의 결론을 조명한다.

아름답지 못한 특징들이 전부 죄인 것은 아니라고, 죄인처럼 살고 싶을 때마다 죄의식과 싸우라고. 자신을 버리게 만드는 타인들을 버려야 자신으로 살 수 있다고 말이다.

I'm my fan

언젠가 내 친구 보나가 "너한테는 덕질 유전자가 없다"라고 선언했다. 밍숭맹숭하고 무감한 나와 다르게 그는 늘 누군가의 짱팬이었다. 나는 차라리 보나의 광팬이어서, TV 속 아티스트들을 현실의 누구보다 사랑할 수 없었다. 저 사람은 천재고 이 사람은 멋지다는 식의 감탄은 있었지만 "바나나는 노랗다"와 다르지 않은, 단순한 감상이었다.

십대엔 아이돌에게 열렬해지지 않는 내가 신기하기도 했다. 그럴 때면 기억은 다시 6, 7세가량의 어느 밤들을 짚었다. 초딩이지만 중딩만큼 똘똘했던 친언니는 이불을 밟고 선 채 이런 고함을 자주 쳐댔다.

"에이치오티 팬이 아니면 이불에서 잘 수 없어!"

"그러면?"

언니의 오뎅 손가락이 가리키는 대로 나는 바닥에서 잤다. 당시 언니 말은 H.O.T.를 함께 좋아하자는 권유였을지 모른다. 다섯 명 중 누가 노래고 누가 랩인지만 구분해도 이불에서 포근한 잠에 들 수 있었을 것이다. 하지만 나는 H.O.T.로 인해 아랫목의 차가움을 느낀 어린이여서 팬심이 핫해지진 않았다. "hot 안 조아"라고 써서 건네면 언니는 '안 조아' 대신 'hot'를 고쳤다. 그들 그룹명의 정확한 표기는 'H.O.T.'라는 것이었다. 그게 대체 무슨 상관이냐 묻고 싶었지만, 언니가 여물지 않은 내 정수리에 꿀밤을 내리칠까 봐 참았다.

시간이 흘러 동생에게도 사랑해마지 않는 보이그룹이 생겼다. 멤버 수가 하도 많아 머리 색깔로 구분하기도 힘든데, 동생은 시키지 않아도 그들의 특징과 콘셉트를 착착 정리할 줄 알았다.

"얘는 철수고 얘는 수철, 그 옆에는 수동이랑 동수, 동동, 수민이야. 제일 인기 많은 건 동동이고 제일 웃긴 건 철수. 노래는 수철이가 제일 잘하고, 수민이는 외국 멤버임."

"야, 느그 언니나 좀 그렇게 사랑해봐⋯⋯. 그리고 그 철수라는 사람, 이번에 망언 논란 크게 터진 멤버 아냐?"

"그건 악마의 편집 때문이야. 철수는 절대 그런 식으로 이야기할 사람이 아니거든."

"니가 철수 동생이냐? 니가 어떻게 알아?"

"팬들은 다 알아."

하지만 나는 '팬'이라는 발음에서 볼펜이나 후라이 팬밖에 못 떠올리는 건조한 사람이었다. 잼 바른 바둑돌처럼 반짝이는 동생의 눈을 보고 있노라면, 누군가의 열렬한 팬이 되어 생판 남과의 일체감을 느끼는 행복이 어째서 내게는 주어지지 않을까 의문스럽기도 했다. 양가적인 감정이었다. 생각을 거듭하다 보면, 누군가의 팬이 되지 않음으로써 내 인생의 많은 자산을 아낀 것도 같았기 때문이다.

흔히 말하는 '덕질'에는 여러 가지 비용이 들었다. 감정과 열정부터 돈과 시간까지……. 아무 일 없이도 그런 자산들을 줄줄이 낭비하다 지갑과 마음이 두루 가난해진 내게는 도저히 남들에게 할애할 몫이 없어 보였다. 그렇다면 나의 무감함은 이미 빈곤한 생애 자산을 지키기 위한 방패일 수도 있었다.

하지만 아이러니하게도, 몇 년 후 인생의 최고 암흑기가 닥쳤을 때 나는 지인들의 덕질에서 큰 힌트를 얻게 된다. 나는 하필 세상에서 가장 이상하고 못나고 재능 없고 마이너해서, 좋아한다고 말하기도 멋쩍은 사람을 좋아하기로 정해버렸는데, 그건 바로 '나'였다.

어차피 내 주변 덕후들의 사랑도 항상 논리적이거나 도덕적인 것은 아니었다. 팬심에는 아무런 잘못이 없었지만, 아티스트들은 언제고 사고를 쳐 누적된 사랑을 부끄러운 것으로 만들곤 했다. 맹목적인 팬심은 이럴 때 빛을 발했다. 사랑받을 가치가 있을 때도 사랑하고, 모두의 사랑이 떠나갈 때도 자리를 지키는 것이었다. 나는 일반인이기에 남들에게 그런 사랑을 요구할 수는 없었다. 누가 주지 않으면? 초라하게나마 자급자족을 꾀할 수밖에 없었다.

그러나 이것은 민망한 짓이었다. 나를 들여다볼수록 내가 딱히 사랑스럽지 않다는 사실만이 확실해졌기 때문이다. 살면서 한 번도 연예인 권유를 받아본 적 없는 내가, 오로지 남들보다 뒤떨어질 때만 특별해본 내가 나 자신의 사랑일지언정 무조건적으로 받을 자격이 있을까 고민되었다. 하지만 나는 바로 그 점에 지친 것이기도 했다. 계속하여 나라는 인간의 가치를 증명하고, 대가로서의 사랑을 벌어내는 일이 힘겨웠다. 노력해도 자꾸 외로웠기 때문에, 이제는 보상으로서의 사랑이 아니라 코뿔소의 뿔처럼 그냥 힘센 사랑만을 원하게 되었다. 그러려면 사랑스러워지려는 노력보단 나 자신을 자꾸 검열하려는 습관을 치우는 노력이 필요했다.

당시의 나는 어떤 예술 활동도 하지 않았지만 내 안

의 1인 팬클럽을 유지하기 위해 내가 살아가는 모습을 추켜세웠다. 아침에 일어나는 것, 관찰 예능이었다. 회사에 가는 것, 청년 드라마였고 연애는 (흥행 성적이 처참한) 로맨틱 코미디 영화로 치환되었다. 내가 아름답지 않을 때마다 모든 것이 휴먼 다큐의 일면이라 생각했다. 억지로나마 반복하다 보니 어찌저찌 조각보 같은 자기애가 완성되었다. 게다가 이 방법은 타인에게 아무런 피해도 주지 않으면서 나를 복구할 수 있다는 면에서 경제적이었다.

자신이 너무 싫을 때면 덕후계의 유명한 격언을 떠올리며 마음을 달래기도 했다. "휴덕은 있어도 탈덕은 없다"라는 문장이었다. 내가 계속 나를 사랑하리란 사실만이 절대적이고, 나에게서 '탈덕'할 수는 없다고 정해놓으니 지금의 끔찍함도 일시성을 띠게 되는 것이었다. 그러면 자기 자신에게 건네는 질문도 '콱 죽어버릴까, 말까'에서 '언제쯤 지금의 휴덕 상태를 거두고 덕질로 복귀할 수 있을까'로 옮겨 갔다. 그럼에도 용기가 나지 않으면 포털의 연예 뉴스를 보았다. 심각한 사고를 치고도 아직 누군가의 우상인 사람들이 한 트럭이었고, 그들과 함께 울고 웃는 팬들에 나를 대입하면 내 팬심도 특별한 것은 없어 보였다.

비 내리는 날

2021년 날씨는 유달리 변덕스러웠다. 코로나19가 드리운 먹구름에 더해 실제로도 비가 자주 내렸다. 비는 늘 부르지 않은 손님처럼 오거나 불렀는데도 오지 않는 손님처럼 지표면을 놀려먹었다. 복잡다단한 이유로 외출을 감행할 때마다 우산을 들거나 들지 않거나 선택해야 했는데, 당연히 내게 우산이 있을 땐 비가 오지 않았고 없을 땐 살수차의 장난처럼 콸콸 쏟아지곤 했다. 내가 운이 좋을 리 없다는 걸 온몸으로 받아들이고 살면서도 매번 약오르는 일이었다.

나는 얄미운 먹구름에 눈을 흘기면서도 하늘에서 내리는 물방울들을 미워하지는 않았다. 비는 다소 축축하고 눅눅하고 수상한 녀석이지만, 그런 존재만이 성가신 방식으로 보여주는 세상도 분명히 있는 것이다.

그래서 가끔씩은 일부러 우산을 놓고 세찬 빗길로 걸어나갔다. 극단적으로 복잡한 순간마다 극단적 자연으로의 도피를 꾀하게 되는 논리였다. 눈을 홉뜨고 안면에 들이치는 비를 견디는 나는 사람 모양의 들개처럼 보였을 것이다. 하지만 내가 빗길을 거닐 때 사람들은 모두 실내에 머문다는 사실이 이상한 해방감을 주었다. 침수를 감수하고 SNS를 켜기엔 휴대폰이 너무 비싸 다행이었다. 대비 없이 비를 맞는 중에는 통화나 메시지 보내기도 여의치 않았고, 누구와도 연결될 수 없는 나는 몸무게보다 가벼워지다 깃털이 되는 듯했다.

물에 젖은 깃털은 가벼운들 날 수 없기 때문에……
나는 온몸이 척척하게 젖은 채 웅덩이 속을 계속 걸었다. 행인과 화면이 소거된 세상 속을 첨벙이다 보면, 뜬금없이 우리네 사는 꼴도 이 빗속과 같지 않으냐는 생각이 들곤 했다. 맑으리라 전망한 관계에는 별안간 비바람이 몰아치고, 장대비 같은 악연 속에서도 완벽히 둥그런 해를 만날 때가 있었다.

실제로 올해 꾸린 관계들은 날씨 이상으로 갑작스러웠다. 지나갔다 여긴 태풍에 누군가를 잃었다가도 뜬금없는 귀인이 뿜어내는 햇살에 젖은 마음이 건조되었다. 그때마다 사람에 온몸을 의탁하고 싶은 마음과 영원히 누구도 필요로 하고 싶지 않은 마음에 번갈아 꿀밤을 맞는 것 같았다. 두 마음 다 내게 "정신 차려!"라는 메시지를 전하고 있는데, 어느 쪽의 정신을 차려야 하는지 모르겠다는 느낌이었다.

천성적으로 겁이 많은 나는 사람 사이 기후 차이에 예민한 편이었다. 내가 그러기를 원하여 사람들은 나의 민감도를 잘 몰랐다. 나는 신경질적이라는 걸 감추려고 해맑은 바보인 척을 했다. 어차피 내가 가진 신경질적 성향이란 화를 미친 듯이 내는 형태가 아니었다. 신경질 부리지 않으려는 노력이 과해 히스테리가 솟으므로 모든 과부하가 내부로 파고 들었다.

그래서 나는 늘 마른 하늘에 날벼락이라는 현상을 경계했다. 좋은 관계 속에서도 갑작스레 우그러질 가능성을 점치며 전전긍긍하는 것이었다. '나빠지면 어떡하지?'라는 우려 자체로 인간관계가 망하지는 않았다. 머릿속 선명한 비관들은 내가 만들어낸 착각이었지만 오랜 시뮬레이션을 거치는 동안 거의 사실이 되어갔다. 그럴 때면 주위 사람들이 언제든 까매질 수 있는 뭉게구름 같았다. 사랑하는 친구와 연인들의 미소가 뇌우로 바뀌어 흉곽을 쪼개놓을까 봐 애먼 가슴을 졸이게 되었다.

그 때문에 내가 일상적으로 행하는 말이나 행동들에는 늘 우산 같은 장치가 되어 있었다. 그것은 웃음이거나 웃음을 유발하는 개그, 농담이었다. 나는 우리 모두가 전혀 웃지 않게 될까 봐 많은 이들을 먼저 웃긴 후에야 안심하는 사람이었다. 웃음을 뿌린다는 이유로 나의 뉘앙스는 건강해 보였다. 하지만 그런 분위기를 가능케 하는 것은 조바심과 초조함이었고, 나는 이따금 자신을 연료로 태우는 사람 특유의 피로감을 느꼈다. 그러니까 인파에 몸을 던지다가도 또 거기서 도망쳐 빗속을 택하게 되는 것이었다.

빗속에서 깨달은 바는 다시 희망이었다. 비로 말하자면, 창문으로 흘깃거릴 땐 몇 시간 내내 세찬 것 같아도 실은 그렇지 않았다. 어떤 비든 몇십 분의 집중 상태와 몇 분의 소강 상태가 반복되었다. 그러다 보면 마지막에는 반드시 해가 떴다. 그렇다면 비가 내포하는 미래 자체가 햇살이라 봐도 좋을 것이었다. 그런 점이 인간관계와도 닮아 있었다. 어떤 사이 얼마만큼의 갈등이든 잠깐씩 햇살이 비치거나 물살이 희미해지는 순간이 존재했다. 그 사실을 수용하거나 외면하다 보면, 버티거나 보내주다 보면, 시간이 흐른 후 마지막은 어쨌든 맑음이었다.

물론 살다 보면 비가 그치듯 홀가분하게 완료되지 않는 관계들도 있었다. 사람이 만든 장마에 갇힐 때면 내가 두 다리로 달려 그 속을 벗어나면 되었다. 도망이란 넓은 의미에서 러닝이기도 하니까, 잽싸게 속력을 올려도 괜찮았다. 안전한 곳에서 옷을 말린 후에는 비를 맞은 적 없는 것처럼 산뜻한 마음으로 다른 사람들을 맞이할 수 있었다.

Chapter 2

세계와 세계가 부딪치는 소리

욕설을 버리며

언제가 밥을 먹던 동생이 무심코 '존맛탱'이라는 표현을 썼다. 엄마는 들고 있던 스뎅볼로 걔를 다섯 대나 갈겼다. '존맛탱'의 '존'은 당연히 '존나'일 테니, 어른들 계시는 자리에서 비속어를 쓴 죄였다.

댕! 댕! 댕! 대앵…….
"아아악! 악!"

스뎅볼이 남의 두개골에 부딪치는 소리는 참 경쾌하다. 그 소리는 보기에도 재미있어서 산사의 맑은 종소리처럼 들린다. 하지만 엄마의 기분은 탁한 모양이었다. 엄마가 진실로 불쾌해 보여서 교양 있는 분이라고 생각했다. 그에 비하면 우리 자매는 교양을 박차고 다니는 사람들이었다. 부모님의 귀가 없으면 우리는 장난스럽고 규칙 없는 말투로 대화한다. 35세인 언니나 31세인 내가 동생보다 어려지는 것 같고, 그건 27세인 동생이 우리 나이로 승격되는 것보다 웃겼다.

"존나 졸려."
"존나 짜증 나."
"존나 그지야."

내 생각에 '존나' 졸린 건 참을 수 있는 졸림이었다. '존나' 짜증 나는 것도 다음 플랜이 마련된 짜증, '존나' 그지인 상태도 최우선의 지출은 해결해놓은 후로 보였다. 하지만 이 말이 '좆 됐다'와 결합하면 우리는 그야말로 좆 된 거였다. '존나 좆 된' 것은 대안이 하나도 없는 느낌, 사건의 발생이 지금 즉시인 느낌, 나아가 불안이 비상사태의 주도권을 쥐리란 암시가 되었다. 그래서 내게 자주 선택되는 증언이기도 했다.

나는 이 말로 최상급 좋음을 표현할 수도 있었다. 만약 내가 복권 당첨자라면 1등임을 확인하는 즉시 이렇게 말할 것 같다. "와, 이거 존나 좆 됐다." 천박한 말들은 짧고 강력한 만큼 거스를 수 없는 카타르시스를 일으켰다. 세련어들은 바로 이런 이유로 욕설에 패배하는 것 같았다. 나는 나쁜 상황에서도 욕을 세분화하거나 약화하는 방식으로 말 주머니를 확장하는 사람이었다. 좆 됐지만 그렇게 말해선 안 될 때 나의 어휘력은 팽창한다. '좆 됐다'를 치환할 수 있는 결백한 단어가 필요해지기 때문이었다.

독실한 종교인이 사사로운 걱정을 할 때 난 옆에서 이런 위로를 떠올린다.

"걱정하지 마, 네가 믿는 신이 널 좆 되게 하진 않을 테니까."

하지만 신이란 늘 'ㅈ'과 'ㅗ'와 'ㅈ' 옆에 정렬되기 상서로운 존재였다. 부정을 부정해도 그것은 모욕이 된다. 나는 거북목이 될까 봐 서둘러 턱을 당기는 사람처럼 말한다.

"음, 너의 신께서 네 앞날을 도울 거야."

이런 말들은 구원이 아니지만, 싸움도 아니어서 모두의 최선이었다.

그리하여 새해 목표는 항상 '욕하지 말자'였다. 욕을 버리는 건, 욕설을 배운 이래 매일 실패하는 일이었다. 어째서 이루지 못했나 되새기니 사실은 목적이 없었기 때문이다. 평범한 사람은 공식 언어로 말할 의무가 없고, 혹여 공식 언어로 말해야 할 때도 잠시만 참으면 되었다.

회사 업무, 가족 모임, 낯선 술자리에서 나는 능히 욕을 참았다. '우리가 함께 좆 된' 상황을 전해야 할 때도 세련어에 능숙했다. 그러나 입술을 떠나는 말마다 검열을 붙이는 게 얼마나 번잡한 일인지 몰랐다. 밝은 실내에서 부유하는 먼지를 잡으려 주먹을 휘두르는 느낌, 그럼으로써 먼지가 더 나는 걸 보고 있는 느낌이다. 유려하게 말하고 천연덕스럽게 겸손한 난 평소보다 탁월하지만, 그렇기에 결코 내가 아니었다.

가끔은 내가 욕을 많이 하는 건지 세상에 욕할 일이 많은 건지 헷갈리기도 했다. 삶이 고난을 줄 때 스스로 구제할 수 없으니 둘 다였을 것이다. 그런 면에서 '좆 됐다'는 패배 선언이기도 했다. 숨긴 대사는 명확하다. "인생아, 내가 졌고 네가 이겼다." 느낀 대로만 수긍하면 될 것을, 왜 굳이 '좆 됐다'라는 발음으로 한 번 더 슬퍼지는지 모르겠다.

욕하는 습관은 글 쓸 때 제일 곤란했다. 공백의 화면 앞에서 깜빡거리는 커서를 마주하고 있노라면 참으로 고를 만한 단어가 없었다. 이건 슬프거나 뛸 듯이 기쁘거나 민망하거나 화가 나거나, 아프거나 아프지 않을 때를 전부 '좆 됐다'로 얼버무리던 인간의 최후였다. 노트북 앞에서 곤궁한 어휘들을 배열하다 보면 엄마가 동생에게 느낀 불쾌감을 알 것도 같았다.

삼십대를 기점으로 욕을 줄이고 욕을 부르는 정서와 화합하려 애쓰고 있다. 언제쯤 수많은 욕들을 내 안의 사어(死語)로 만들 수 있을까? 산 만큼 더 살아 환갑이 되면 늠름한 아나운서처럼, 아니 엄마처럼 말할 수 있을까? 아니면 내 인생의 신이 되어 욕설 옆에 정렬되기 상서로운 존재가 되어야 하는 것인지……. 하지만 인간 선에서 가능한 건 오늘의 욕을 줄여 내일과의 연관성을 해제하는 것뿐이다. 단단해지려는 노력은 결국 부드러움을 추구하는 방식으로 행해진다고, 욕설이 섞이지 않은 언어로 생각해본다.

일기를 쓰자

초등학교 시절 담임 선생님은 일기를 몹시 사랑하는 분이었다. 지금 생각하면 집착처럼 여겨질 정도였다. 열 살남짓이던 나는 선생님이 만든 촘촘한 작성 규칙에 따라연구원의 보고서와도 같은 일기를 매일매일 써가야 했는데, 그 짓이 너무 지독하여 종국에는 일기에 대한 모든흥미를 잃고 말았다.

거부감은 꽤 오래갔다. 어쩌다 일기 비슷한 글을 쓸때면 나는 늘 치명적인 정보들을 숨겼다. 사람 이름을 아예 틀리게 기입하거나, 날씨와 날짜, 장소를 왜곡해놓는 식이었다. 그러고도 찜찜하면 마지막엔 감정을 흐렸다. 증오는 얼레벌레 용서가 되고, 의문은 꿈결 같은 희망으로 변질되었다. 날마다 정서 검사와 첨삭을 받던 기억 때문인지 내밀한 심정을 샅샅이 적는 행위가 부끄러웠다. 어차피 진심이란 '진짜로 추한 심정'의 줄임말이니까, 종이라는 공간을 빌려 세상에 태어나게 하면 안 될 것만 같았다.

나의 일기들은 발각을 상정하고 썼기에 전혀 솔직하지 않았다. 그러면서도 일부분은 사실이었으므로 글자들이 온통 내가 주인공인 소설 같았다. 작자이자 독자인 나조차 시간이 흐른 후엔 내 일기의 감정선을 쫓아가지 못했다. 일기라는 결벽의 세상에서는 나와 비슷하지만 나 자신은 아닌, 가상의 호인 정지음만이 살아남을 수 있었다.

하지만 곧 답답함이 거부감을 이기는 순간이 찾아왔다. 당시 내가 남달리 힘겨운 일을 겪은 것은 아니었다. 다만 사랑과 우정, 가족과 일, 건강과 돈처럼 숨 가쁘게 좋았던 적 없어도 은은하게 행복을 주던 삶의 장르들이 한꺼번에 어그러지고 있었다. 누구에게도 말할 수 없고, 누구에게 말할 가치도 없는 사연들이 나를 우울로 떠밀었다. 삶의 먹구름들이 각각 10kg의 무게로 모여 1톤의 소나기를 내리는 것 같은 나날이었다.

재미없는 삶이나마 이어가다 보면 우르르 쾅쾅 슬픈 마음도 심심하게 개는 날들이 있었다. 기분이란 날씨와 비슷하고, 나는 심정적 이상 기후를 겪는 중이니 더욱 예측 불가한 것 같았다. 간혹 눈물 바람이 멈추고 소강상태에 이를 때면 이상하게도 내내 버려두었던 일기장이 해답처럼 떠오르곤 했다. 내가 원래 일기와 친했던 사람인 듯 그립기까지 한 마음이었다.

결국 머리맡에 굴러다니던 태블릿 PC를 잡아채 토사물 같은 진심을 적기 시작했다. '나는 바보야, 쓰레기야, 미치광이야······.' 첫 문장들은 유치하고 초라해도 최선이었다. 당시 이해하기로 나의 슬픔은 죄다 내 존재론적 부족함의 대가인 것 같았다. 이 사람 저 사람, 상대에 따라 갈등 양상은 달랐지만 '내가 잘했다면 애초에 나빠질 일이 없었다'라고 확신했다. 내게 죄가 있다면 고통은 극심할수록 정당해졌다. 나는 훌륭하지 않으니까 즐거운 삶을 영위할 자격이 없고, 죄수인 나에겐 슬픔이라는 교도관의 감시가 붙어야만 한다고 여겼다.

그런데 일기를 몇 번 쓰면서 신기하고 민망한 층위의 진심을 발굴하게 되었다. 처음에는 나를 향하던 매서운 비난들이 후반부에서는 어쩐지 남 탓으로만 넘어가는 것이었다. 의식적으로 그걸 막으면 손도 멈췄다. 다시 이어가면, 내 탓을 할 때보다 첨예하고 날카로운 어휘들이 일필휘지로 쓰이곤 했다. 애초에 나는 슬프기만 한 것도, 나자신에게만 화가 난 것도 아닌 것 같았다. '슬픔'이란 두 글자로 대충 뭉개버리는 게 편했을 뿐 실질적 심정은 짜증이나 억울함, 몰이해, 혐오, 무책임해지고 싶은 욕구와 밀착되어 있었다. 본심은 '모두 내 잘못이다'가 아니라, '어떻게 모두 내 잘못일 수 있냐?'에 가까웠던 것이다.

처음에는 '아니, 나는 어쩜 이리도 뻔뻔한가!' 싶었다. 하지만 수치심의 더딘 로딩이 끝나고, 마침내 나라는 인간의 본모습을 수용하게 되었을 때는 차라리 마음이 편안하였다. 나는 늘 인격 완성의 경지를 핥아왔지만, 그것은 불가능하기에 아무리 기다려도 단박에 깨물 기회가 오지 않았다. 나는 딱 그런 걸 원한다는 면에서만큼은 진짜 인간적이었다.

나다운 난리법석을 부리면서 어린 날 오해했던 일기장의 효용을 재정의할 수 있었다. 영원한 혼잣말 같아도 쓴다는 행위는 결국 나와 나의 대화였다. 나의 실수는 너무 많은 남과 나쁜 이야기를 나누느라 정작 내게 할 말을 잊었다는 것이었다.

치미는 감정들을 홀로 소화할 수 있게 되면서 내가 직면했던 문제들은 차차 나아졌다. 애초에 타인과의 문제니까 혼자 감정을 처리하는 데는 한계가 있었지만, 문제를 계속 문제로 두면서 견딜 수 있는 여유가 생겨났다. 어떻게 생각하는지 당사자에게 전부 쏟아내지 않아도, 집에서 내게 "어떻게 생각해?" 하고 물어주는 일기장이 있어 괜찮았다.

미워하지 않을 용기

재작년에는 비중이 큰 사람들을 줄줄이 떠나보냈다. 오랜 친구와 오래지 않아도 깊었던 친구, 애인, 절친한 직장 동료…… 카테고리도 다양했다. 이럴 때면 혹시 짓궂은 '삼재'나 '아홉수'가 날 괴롭히는 중인지 궁리를 하게 된다. 내 삶에서만큼은 '우울'보다 '억울'이 몇 배나 더 거셌다. 나는 우울을 관리하는 법 몇 가지를 알고 있었지만, 억울 앞에서는 어떤 재롱도 부리지 못하고 번번이 패배를 맛봤다. 우울이 싫은 정도라면 억울은 두려움의 범주에 속했다.

당시에는 마음속의 불지옥에서 자꾸만 소형 재판을 열게 되었다. 작금의 사태에서 누가 얼마나 틀렸냐는 것이 치열한 쟁점이었다. 목적은 당연히 '내 잘못이 없다'라는 결론이었는데, 그러려면 나의 재판은 편파적으로 객관적이어야 했다. 나는 우선 절연으로써 영영 발언권을 잃은 상대방들을 헤아려주었다. 반전을 위해 일단 우위를 양보하고 보는 행동이었다.

나는 생각했다.

"솔직히 그 애 인성이 아주 나쁘진 않았잖아. 워낙 마음이 여리고 나를 많이 챙겨주기도 했지. 질투가 너무 심해 이기적인 행동을 자주 할 뿐 평소에는 배려심도 많았는데……. 나한테 한 짓은 심했지만, 그 상황에서는 나라도 그랬을 거야. 나라고 잘하기만 했을까? 걔도 날 버티기 힘들었겠지."

취소하기 위한 증언에 부지런한 이유는, 거짓말을 못 하는 특성을 거짓말 탐지기로 역이용하기 위해서였다. 일단 치우쳐 서술하다 보면 도무지 참아지지 않는 표현들이 자동으로 걸리곤 했다. 그것이 숨겨진 본심이자 내 마음속 재판부의 판결이었다.

　나의 시혜적인 생각들은 취소선을 획득하며 진심으로 바뀌었다.

　"솔직히 그 애 인성이 아주 나쁘진 않았잖아. ~~워낙 마음이 여려서 나를 많이 챙겨주기도 했지. 질투가 너무 심해 이기적인 행동을 자주 할 뿐 평소에는 배려심도 많았는데······ 나한테 한 짓은 심했지만, 그 상황에서는 나라도 그랬을 거야.~~ 나라고 잘하기만 했을까? 걔도 날 버티기 힘들었겠지."

　거짓말을 지우면 내가 이 상황을 어떻게 인식하는지, 왜 이토록 화가 났는지 정확히 알 수 있었다. 나는 사실 상대방의 너절한 질투와 이기심, 고갈된 배려 때문에 한계에 와 있었던 것이다. 더불어 나라면 절대로 우리 사이를 이 지경으로 만들지 않았으리라고 확신하기도 했다.

　한바탕 정리가 끝난 후에는 관계 회복의 불가능성

도 선명해졌다. 우리가 화해하면, 나를 공격하던 질투와 이기심이 주인에게 돌아갈까? 없던 배려심이 쿠팡의 정기 배송처럼 도착할까? 번개 맞고 새 사람이 되듯 교훈을 얻고 성숙해질까? 아니었다. 이제부터는 이 관계가 오래 쓴 고무줄처럼 어떤 것도 묶을 수 없게 되었음을 인정하는 게 나았다. 원형의 관계가 뚝 끊어져 선형이 된 순간, 우리는 다시 연결될 수 없는 각자의 차원으로 흩어졌고, 슬프지만 그것이야말로 마지막 진실이었다.

끝난 사이에서 잘잘못을 따지는 일이 얼마나 무의미한지 머리로는 알고 있었다. 장난스레 소형 재판이라 부르지만 저런 행동은 내게도 스트레스를 주었다. 결론이 나는 즉시, 내 편의 지인들에게 설파하며 험담 파티를 여는 것도 부끄러웠다. 나는 피해자였지만 시간이 지나면서 원한에 잡아먹힌 가해자가 되기 일쑤였다. 아예 사건과 관련 없는 남들에게 하소연할 때는 당사자가 듣지 못한다는 이유로 말조심을 한 적이 없었다.

반대로 좋은 추억만 되새기자면 그것 또한 공포스러

웠다. 추억은 영웅담처럼 미화되거나 개연성 없이 악화되는 식으로 감정을 변형시켰다. 나는 종결된 사람들이 아직 내 의식에서 살아감을 느낄 때마다 목 졸린 것처럼 답답해졌다. 종국에는 그들이 다시 필요하다는 결론에까지 다다를 것만 같았다. 그럴 때마다 나는 손쉬운 망각을 택했다. 떠난 이의 데이터를 억지로 삭제하여, 그간의 추억 자체를 포맷해버리는 것이었다.

잊으려는 노력은 기억하려는 노력보다 힘들었다. 무엇을 먼저 잊어야 할지 분류하는 일 자체가 오히려 각인이 되기도 했다. 그래도 나는 꾸준히 잊었다. 숨이 막혀도 잊고, 숨을 참으면서도 잊었다. 잊자는 결의가 숨 쉬듯 자연스러워질 때까지 똑같은 다짐을 거듭하였다.

떠나간 사람들은 다시 볼 수 없다는 이유로 불쑥 떠오르기 마련이었다. 그런 단상을 입 밖으로 내지 않으려는 노력부터 했다. 가끔 무언가를 말하고 싶어지면, 아예 다른 한마디로 일축해버렸다. 머릿속에선 너절한 추억팔이가 진행되는 중이어도, 현재의 옆 사람에게 "저 가게 간

판 좀 봐. 웃기지?"라고 의미 없는 말들을 하는 것이었다. 사람에 대한 미련이 반드시 먹먹한 되새김질이나 거센 욕설로만 해소되는 건 아니었다. 마음이 약해질 때마다 울거나 취하거나 소리치는 방식으로 망가지고 싶었지만, 내겐 그러지 않는 선택지도 있었다.

당시의 지인들은 "아니, 너 걔네들에 대해 질리도록 많이 말했는데?"라고 의아해할지 모르겠다. 그래도 내가 수십 번 꺼낸 이야기들은 이미 수천 번 참은 결과였다. 사실 나는 더 많이, 더 집착적으로 그들을 거론하고 싶었다.

하지만 이제는 내 것 아닌 인연에 대한 판단을 종결하며 살아간다. 의연해졌다기보단, 미움이라는 고난에 항복하고 도망친 것이었다. 예전이라면 도망치자는 결심을 수치로 느꼈겠지만 이겨야 한다는 강박 속에서 선명해지는 건 오히려 "내가 어째서 매번 이겨야만 해?"라는 반문이었다.

나를 이기고, 상대방을 이기고, 내가 분노에 잡아먹

힐까 걱정하는 주변인들을 이기면…… 나는 내 좁은 세계의 왕이 되는 걸까? 누구에게도 상처받지 않는 무소불위의 힘을 가지게 될까? 하지만 싸우면서 승리해야 왕이 될 수 있는 거라면 계급에 구애받지 않는 평민으로 사는게 나았다. 누군가와 몇 차례나 날을 세우며 깨달은 것은, 나쁜 마음엔 좋은 삶이 깃들지 않는다는 거였다. 착할 필요가 없듯 악할 필요도 없었는데. 고도의 미움을 낱낱이 표현하는 것이 강점이라 착각했던 나날들이 뒤늦게 후회되곤 했다.

폐기된 좌우명 중에 '너에게서 나온 건 너에게로 돌아간다'라는 구절이 있다. 지나고 보니 그 말을 선행에 따르는 보상이 아니라 무분별한 악감정에 대한 경고로 이해했어야 한다는 생각이 든다. 오로지 나에게만 힘센 사람이 되자는 다짐, 그게 바로 '미워하지 않을 용기'였다.

부모님은 어떤 분들인가요

작가가 된 후엔 "부모님께선 어떤 분들인가요?"라는 질문을 꽤 받았다. 다행히 긍정적인 의미였다. 전에는 "부모님도 너 이러는 거 아시냐"는 질문만 받아봤기 때문에 ―나는 엉성한 비밀이 많은 아이였다― 신선하였다. 우리 엄마 아빠로 말하자면 성실하고 자유롭고 웃긴 소시민들이다. 나는 그들과 30년째 알고 지내면서도 가끔 만나 외식을 할 때마다 속절없이 박장대소를 하고 만다.

한 독자님은 반대로 "어떻게 하면 작가님 같은 자식이 나오나요?"라고 묻기도 했는데…… 나도 모르겠다.

나는 낳아진 채 살기도 고단해 뭔가를 낳아보지는 못한 것이다.

나를 한 차례 겪어낸 부모님은 나 같은 아이를 낳기도 키우기도 꽤 어렵다고 증언한다. 너는 알아서 중구난방 컸다고 말하기도 한다. 나는 내가 약간 과하고 지독했음을 인정하기에, 독자님의 아이는 독자님을 닮아 평화롭기를 소망하게 된다.

부모님에게는 그들이 해준 것보다 하지 않아준 것들의 영향을 많이 받았다. '이 정도면 방임 아닐까?' 싶었던 양육법이 나에게는 더없이 적합했던 것이다. 일례로 나는 초등학교부터 대학교까지 16년의 교육 과정을 마치는 동안 단 한 번도 성적표를 요구받은 적이 없었다. 공부하라는 잔소리를 듣거나, 강제로 학원가를 뱅뱅 돌거나, 성적표 때문에 혼나보지도 않아서 낙제점을 받고도 낙제생으로 불리는 이유를 몰랐다. 공부는 애초부터 나의 소명이 아니었다. 나는 오히려 누군가가 1등을 하면 나머지는 다 2등 이하가 된다는 사실이 슬펐다. 오로지 그 한 자리, 나머지를 배제하기로 약속된 자리를 위해 친구 사이에 심각한 경쟁이 붙는 현상을 이해하지 못했다. 그러면서도 누구보다 시험을 좋아했다. 시험 기간에는 하교 시간이 빠르기 때문이었다. 지각하여 응시 자체를 못 하든, 가자마자 찍고 자든 내 성적은 100보단 0에 가까웠다. 애들 중에 자기 미래를 아는 학생은 나밖에 없었다. 자기 미래를 예측하고도 낙관적인 아이 또한 나뿐이었다.

　　나의 구린 점수는 어떤 애교나 장난의 소재로 쓰이기도 했다. 늘 준비물이 없거나 뭔가를 빼먹고 다니던 나는, 친구들을 쿡쿡 찌르며 이런 식으로 실실거렸다.

　　"야, 너 나한테 고맙지?"

　　"뭐가?"

　　"내가 이번에 너 잘되라고 수학 시험 다 찍었거든, 우하하."

　　"?"

　　"너 이번에 몇 등이야?"

　　"12등."

　　"내가 힘 빡 줬으면 13등이었을 거야. 그러니까 풀 한 번만 빌려줘."

돌이켜 보면 이런 것이 바로 아빠식 능청이었다. 그에 겐 자신의 실수나 단점을 농담 삼아 남들을 웃겨버리고 마는 재주가 있었는데, 조랭이떡처럼 그를 따라다니던 나는 이미 완성형 꼬마 광대였던 것이다. 따져 보면 명석함과는 상관없는 자질이 내가 아빠로부터 물려받은 최고의 자산이었다. 아빠는 자신이 리치 대디가 아닌 것을 늘 미안해했지만, 나는 큰 키와 바오밥나무 같은 머리숱, 통뼈, 고른 치열만으로 꽤 많은 돈을 번 거라고 생각했다.

엄마는 아빠와 비슷하면서도 독자적인 성질을 갖고 있었다. 그건 말 그대로 성질이다. 엄마는 너그러웠지만 호락호락하진 않아서, 아빠가 나를 심하게 다그치는 것조차 가만두고 보지 못했다. 아빠가 내 경거망동에 상처받아 합당한 뒷말을 해도 거슬려 했다. 언젠가 아빠와 나의 갈등이 최고조에 달해 있을 때, 엄마는 내 편에서 "당신이 뭔데 내 딸한테 욕을 해?"라는 명대사를 날리기도 했다.

우리 가족들은 돌아가며 엄마의 비호나 비수를 받았다. 엄마는 대부분 욕먹어 찌그러진 자의 편이었다. 그날그날 기분과 판단에 따라 더 가련해 보이는 자의 손을 들었고, 그건 너무나 예측 불가능하단 면에서 공평하였다. 엄마도 본인이 리치 마미가 아닌 것을 늘 죄스럽게 생각하며 살았다. 하지만 나는 돈으로 살 수 없는 예술적 감수성과 민감함을 전수받았다. 4.5점 만점에 2.1점으로 대학을 졸업한 내가, 토익 점수가 좋기는커녕 토익에 응시도 해본 적 없는 내가 작가로 사는 것은 모두 그의 덕이다.

가장 고마운 것은 부모님이 언제나 정직하게 노동하는 모습을 보여줬다는 점이다. 두 명이 바듯하게 벌어오는 집에서 다섯 명이 살아가는 일은 늘 힘들었다. 용돈과 간식과 옷이 부족하여 눈물을 짠 적도 많다. 그러나 나는 내가 가진 것들의 조잡함이나 못 가진 것들의 훌륭함이 사무치지는 않았다. 나의 현실은 비싸지 않아도 따뜻하였다. 공기 중에 마주치는 시선이 훈훈하여서 겨울에도 너무 많은 난방이 필요하진 않았고, 밖에 나가서도 집에 돌아갈 생각을 하며 냉담함을 견딜 수 있었다.

루브르와 움막 사이

서로 많이 사랑하지만, 나와 부모님도 늘 좋을 수는 없었다. 특히 어린 시절의 나는 애답지 않게 짜증이 많은 아이였는데, 천성이 그런 건지 부모님이 자꾸 짜증 나게 했던 건지 헷갈리곤 한다. 그때는 엄마 아빠만 매번 옳고 나만 그른 우리 집을 신뢰할 수 없었다.

열 살 무렵에는 너무 단내 나는 샴푸를 쓴 덕에 머리통 옆으로 벌이 자주 꼬였다. 이 지구가 내 세상이 아니길 바라던 나는 귀족 꿀벌들이 드디어 꽃나라 공주를 데리러 왔다고 믿었다. 하지만 '준비가 되었으니 모셔 가거라'라고 속닥여도 아무 일도 일어나지 않았다. 나는 곤충 영애가 아니라 인간 아주머니와 아저씨의 둘째 딸이었던 것이다. 어쨌든 자식이 되돌아올 수 있을 만큼 엇나갈 땐 부모가 좀 참아야 한다는 것이 그 무렵부터의 내 입장이었다. 아빠의 회상으로는 실제로 내가 이런 말을 자주 했다고도 한다.

"이왕 낳았으면 웃으면서 키워……."

돌이켜 보면 성적 갖고 싸우지 않았을 뿐 성적 외엔 모든 것이 싸울 거리였다. 어쩌면 엄마 아빠는 내 점수에 관심이 없었다기보다 심성 쪽이 더 큰 문제라고 여겼을지 모른다. 나의 깝죽대는 언행, 번번이 늦어지는 귀가, 허술한 핑계들과 빈약한 처세…… 때론 사소한 편식과 변덕까지도 다툼이 되었다. 하지만 나는 내가 거짓말을 하거나 심통을 부리지 않아도 되도록 엄마 아빠가 바뀌길 바랐다. 나보고만 참을성을 기르라지 말고, 가정을 박물관 삼아 어른의 인내부터 전시해야 한다고 생각하기도 했다.

엄마 아빠와 내가 함께 참으면 우리 집도 사랑과 화합의 루브르가 될 수 있었다. 나만 참으면? 집은 위계와

유교로 얼룩진 구시대적 움막이 되고 말았다. 루브르는 전쟁이 나도 살아남지만, 움막이란 언제고 갈등의 발길질이 닥쳐올 때마다 스러지는 것이다. 그러니까 우리 가족은 서로를 겨누는 돌도끼를 버리고, 돌처럼 단단해지기 위해 공평한 노력을 보태야 옳았다.

낳아준 점에 대해선 감읍하는 바이지만, 감사를 순종으로 증명하고 싶지는 않았다. 어떤 힘은 애정이라는 포장지를 두르고 선물처럼 증여되곤 한다. 그러나 나는 그렇게까지 침투적인 선물을 원한 적 없었다. 엄마 아빠는 내게 돼지감자 같은 자매를 두 명이나 주었으니 우리 사이 선물의 의무는 이미 청산된 것이 아닐까?

따지고 보면 나나 자매들의 탄생에 1차 합의를 본 것도 우리가 아니라 부모님이었다. 나 없이 나에 대한 큰 결정을 해보았다면, 그 후 2차적 결정들은 내 몫으로 남겨놓아도 좋았다. 여기엔 엄마 아빠와 나의 나이 차도 고려될 필요가 없었다. 우리 가족은 다섯 명이니까 모두의 역할은 복잡한 수식 없이 20%씩 나뉘면 그만이었다.

하지만 나는 너무나 수평적인 가족관 때문에 되바라졌다는 소리를 자주 듣게 된다. 부모님은 진작 '네 멋대로 살아라'라며 포기했는데, 의외로 또래 친구들이 열띤 말을 보탰다. 부모님은 절대적 공경의 대상이고 드높은 태산일 뿐 시시때때로 클라이밍하는 암벽이 아니라는 거였다. 그러나 나는 부모님이 더 높아지려고 나를 낳지는 않았다고 믿었다. 본인만큼, 본인답게 훌륭한 자를 원한다면 자식이 크는 것보단 거울을 보는 게 빠를 것이었다. 게다가 본인 같은 자식만을 사랑하는 것은 자기애였다. 본인 같은 자식을 미워한대도 자기 혐오일 테니 그 또한 나와 해결을 볼 문제는 아니었다. 그것은 부모님 자신의 과제이고 삶의 어떤 부분은 천 년의 효도로도 풀어줄 수 없다.

부모님을 독립적인 개인으로 인식하고 나서는, 오히려 싸울 일이 줄어들었다. 나는 친구들을 이해하듯 두 분을 이해할 수 있었고, 두 분이 혹여 나와 다른 결정을 내릴 때도 별달리 실망하지 않게 되었다. 사람은 누구나 고유하고, 여러 가지 실수를 하며 그로 인해 나아질 기회를 갖는다는 명제 안에 부모님을 포함시키자 갈등으로 치달을 수 있는 사건들도 그냥 지나가기 시작했다. "엄마 아빠는 아무것도 몰라"라고 가끔 서운하던 마음도 "엄마 아빠가 나에 대해 전부 알 필요는 없다"라는 결론으로 소화되었다.

때로 가족이란 세상에서 가장 가까워야만 하는 사이처럼 보인다. 그러나 역시 실제 거리보다는 거리를 벌릴 줄 아는 능력이 더 중요한 것 같다. 서로를 미지의 세계로 두어야 미지를 탐구하고픈 열망이 식지 않고, 짐작보다는 질문을 나누며 오손도손 해답을 찾아갈 수 있다.

경찰서에서 만난 죽음

나는 18세경 불명예스러운 사건에 연루되어 경찰서를 찾은 적이 있다. 다행인지 뭔지 피해자 신분이었다. 당시 유행하는 아이템이었던 'PMP'를 사려다 중고 거래 사기를 당한 것이었다. 아기자기하던 나의 삶에 그렇게 색다른 치욕은 처음이었다. 내가 너무 울자 당황한 부모님이 새 기계를 사 주었지만, 그런 식으로는 종결되지 않는 격분이 차올랐다. 나는 결연한 마음으로 사기꾼을 신고했다. 경찰에 누군가를 신고하려면 나부터 출두해야 한다는 것을 생각 못 한 채 저지른 일이었다. 정작 조사는 시시하게 끝났지만, 나는 그날 있었던 우연한 사건으로 인해 평생 경찰서를 두려워하게 되었다.

　　교복 차림으로 복도 대기 의자에 앉아 있을 때였다. 내 앞에 멈춰 이야기를 나누던 형사들 중 한 분이 들고 있던 보고서를 내렸는데, 마침 눈높이쯤이라 자연스레 시선이 옮겨 갔다. 2초 후에는 앉은 채로 경찰서 꼭대기까지 솟아오를 뻔했다. 문서 한쪽에 목 졸려 돌아가신 노인 분의 시체 사진이 붙어 있었던 것이다. 뜬 눈으로 목격한 내 인생 최초의 죽음이었다. 사진이니 엄밀히 말하면 목격은 아니지만, 그 장면은 심리적 화상 흉터처럼 나의 십 대를 따라다녔다. 감히 트라우마라는 용어를 써도 될지는 모르겠다. 하지만 성인이 된 후 내 계좌 번호조차 헷갈릴 만큼 기억력이 흐릴 때도 그 사진만은 잊히지 않고 불쑥불쑥 되살아났다. 지금 생각하면 끔찍함도 끔찍함이지만 죄책감이 크게 작용했던 것 같다. 타인의 비참한 최후를 목도하고서 가장 먼저 느낀 심정이 구토감에 가까운 역함이었기 때문이다. 아차 싶어 인간적인 애도를 떠올린 시점은 그로부터 몇 개월이나 후였다. 그 와중에도 혹시나 돌아가신 분의 혼령이 나를 따라다닐까 벌벌 떨었고, 무서

움의 대가로 다시 죄책감을 치렀다. 지금 생각하면 부모님이나 선생님께 털어놓고 심리 치료를 받았어야 했다는 생각이 든다. 그러나 아무 말도 하지 못했다. 공포는 마비의 형태로 온다는 것을 너무 늦게 알았다.

충격으로 인해 나는 죽음에 대한 편리한 착각을 수정하게 되었다. 왜인진 몰라도 그 전까지 내가 상상하던 죽음은 신성한 하얀색에 가까웠다. 모든 사람이 깨끗한 병원 침대에서 고개를 틀거나 손목을 떨구는 식으로 천국 갈 채비를 마친다 믿었던 것이다. 하지만 어떤 사람들의 최후는 차갑고 어둡고 검붉었다. 나는 실제 죽음이 담긴 사진에서 천국에 대한 어떤 암시도 볼 수 없었다. 흔히들 인명은 재천이란 말을 쓰지만, 뉴스만 틀어도 사람이 사람의 생명을 취하는 일이 비일비재했다. 우리는 사람 같지 않은 잔혹한 자에게 짐승이라는 비난을 일삼는다. 그러나 내가 알기로 어떤 짐승도 사람들처럼 동족을 해하진 않았다. 삶이 그렇듯 죽음에도 여러 층위의 불합리가 작용한다는 사실이 어린 나의 세상을 잿빛으로 만들었다. 심지어 죽은 자들은 빠르게 잊혔다. 생과 함께 목소리까지 저물기 때문이고, 오래 기억하기엔 너무 많은 사람이 새롭게 죽기 때문이기도 했다.

시간이 지나면서 충격은 천천히 가라앉았다. 그러나 조금 더 정교해졌다. 나는 죽음과 더불어, 죽음을 연상시키는 사체들에 대해서도 심한 공포감을 느끼기 시작했다. 거미줄에 걸려 죽어 있는 곤충을 보기만 해도 며칠 동안 진이 빠졌고, 로드킬 흔적이 남은 아스팔트 길에서도 두통을 느꼈다. 살인을 소재로 한 콘텐츠를 전처럼 소비하지도 못했다. 중학생 때는 〈쏘우 2〉를 보느라 학교를 빠진 적도 있었는데, 언젠가부터는 그 영화를 떠올리기만 해도 꽉 막힌 곳에 갇힌 듯한 느낌이 들곤 했다.

"자기 자신의 죽음에 대한 지식은 모든 것을 바꿔놓지. 자기가 죽는 정확한 날짜와 시간. 온 세상이 바뀔 걸세. 난 알지. 누군가 자네를 앉혀놓고 자넨 곧 죽는다고 말했다고 생각해봐. 그 무게는…… 시간이 얼마 남지 않았다는 것은…… 순식간에 자넨 삶을 다르게 보게 될 걸세. 하찮은 물 한 컵이나 산책에도 감사하게 될 걸. 시간이 얼마 안 남았어. 거의 모든 사람은 마지막이 언제인지 모르는 행복에 살아. 하지만 아이러니컬한 것은, 그 때문에 진실로 삶에 감사하지 못한다는 것이지. 물 한 컵 마시면서도 진정으로 즐기지 못해. 그래도 아직은 고칠 수 있는 시간이 있어……"

교훈적이라고 생각해 메모까지 해놓은 직소의 대사에도 한없이 심란해졌다. 〈쏘우〉 시리즈는 악행을 저지른 사람에게 일생일대의 기회를 주듯 삶을 흥정하다 결국 죽여버리는 내용이기 때문이었다.

최근에는 두려움의 종착역이 결국 '나의 죽음'이었음을 깨닫기도 했다. 나는 멘탈이 불안정한 사람치고 신기할 정도로 자살 사고가 없었는데, 내면이 단단하여 덕을 보는 것은 아니었다. 다만 언제나 삶보다 죽음이 훨씬 두려웠다. 정확히는 시체가 되고 말 나 자신에 대한 공포심이기도 했다.

◆ ◆ ◆

　결국 사기꾼을 잡지는 못했다. 이제는 단돈 15만 원에 대한 원한도 없지만, 가끔 그 사람이 어디서 뭘 하고 있을지 궁금해질 때가 있다. 그는 알까? 본인 때문에 내 인생이 얼마나 바뀌었는지. 내가 그날의 신고를 얼마나 후회했는지…….

예비 거지와 백수와 돌싱

오랜만에 친구 두 명을 만나 우아하고 건전한 티 타임을 가졌다.

딱…… 10분 정도만. 약속을 잡을 때부터 "오늘은 절대 술 마시지 않기"로 다짐해놓고, 결국은 만장일치로 분노의 술 파티를 개최하게 되었다. 우리는 우리가 어디까지 갈 수 있나 궁금한 사람들처럼 폭주했다. 술보다는 지끈지끈한 고난에 취한 날이었다. 우리는 주량을 넘어선 만큼 추해졌다. 그러나 우정이란 아름답지 않은 모습을 포용함으로써 결국 아름다워지는 것이므로 별 상관

없었다.

　나로 말하자면 전업 작가 전향 후 심각하게 돈이 없어진 상태였다. 친구 A는 90% 진행된 결혼 준비를 999% 후회 중이라고 털어놓았다. 친구 B는 "회사를 그만두지 못하면 살인자가 될 것 같다"라는 한마디를 툭 던졌는데, 더 이상의 설명을 요구할 수 없을 정도로 고단해 보였다. 우리의 불행은 각자 장르가 확실하였지만, 완전히 다른 분야로 분리되는 것도 아니었다. 돈과 연애와 일이 속 썩이는 비중만 다를 뿐이었다.

　그 자리에서 나온 파괴적인 농담에 따르면 나를 예비 거지, A를 예비 돌싱, B를 예비 백수로 정의할 수 있었다. 나중에는 목청 낭비를 막기 위해 '예비' 자도 생략한 채 서로를 호칭하게 되었다. 허름한 곳에서 심하게 취한 탓인지, 갑자기 이 모든 상황이 '무슨 말을 하고 싶은 건지 모를 횡설수설 독립영화'처럼 느껴졌다. 내가 시나리오를 맡고 애들을 캐스팅한다면 아마도 이런 씬들이 가능해질 터였다.

#S1: 해 질 녘 서울 변두리의 술집

(수상할 정도로 허름한 점포. 안 낡은 것이 없다, 손님의 멘탈조차.)

예비 거지   야, 근데 나는 사실 예비 거지가 아니고 이미 더할 나위 없는 진짜 그지야.

예비 백수   지음아, 너는 맨날 마감 중이라면서 왜 거지야? 일을 하는데도?

예비 거지   수많은 내 탓과 자본주의와 업계 탓의 조합으로 그렇게 되고 말았단다. 일단 나는 월세랑 관리비랑 핸드폰비랑 공과금이랑 학자금이랑 무슨 대출이랑, 숨만 쉬어도 나가는 돈이⋯⋯. 아니, 근데 그 돈들이 숨을 참는다고 아껴지지 않는 것이 문제고, 회사원 시절에 이미 형성된 씀씀이가⋯⋯. 아, 그만하자. 너무 지겹군.

예비 백수   하긴, 나도 맨날 출근하고 야근하고 난리를 피우는데도 달마다 후달린다.

예비 돌싱   그러면 정지음 너는 '거지 작가'라고 불러

줄까?

예비 거지 괜찮아. 어차피 거지와 작가는 '역전앞'이나 '처갓집'처럼 의미 중복 표현이거든.

예비 돌싱 잠깐. '처갓집'이나 '시댁'같이 결혼을 연상시키는 단어 조심해주라. 오늘은 다 잊고 싶어. 오늘만이라도…….

예비 백수 근데 돌싱이 너는 진짜 돌싱 되기 전에 관두는 게 낫지 않아?

예비 돌싱 이번 주에 가전 싹 들어오는데 뭘 어떻게 관두냐? 내일도 청첩장 돌리러 가는데. 그리고 이제는 관두는 게 단순히 그만하는 일이 아니야. 힘내서 저항을 시작하는 거잖아. 나는 참으라면 더 참을 순 있겠는데, 뭔가를 아예 새로 시작할 힘은 없어. 죽어도 부모님 집으로 돌아가긴 싫고.

예비 백수 하긴, 스트레스 때문에 탈모가 와도 회사 하나 관두기 힘든데 너도 오죽하겠냐.

예비 거지 근데 쟤네 사장이랑 니네 시댁이랑 좀 비슷해. 미친 사람들 같애. 네이트판에 쓰면

길이길이 남을 스케일이라니까?

예비 백수   낄낄낄. 그래서 안 쓰잖아. 고소당할까 봐.

예비 돌싱   나도. 하지만 친구들아, 내가 나중에 이혼하더라도 나랑 놀아줄 거지?

예비 거지 · 백수   당연하지. 개구리 왕눈이처럼 7번 갔다 8번 돌아와도 돼.

예비 돌싱   미친놈들. 근데 백수야. 너야말로 회사 언제 그만두게? 이번엔 진짜 그만두게?

예비 백수   사실 나 저번 주에 이미 퇴사 상담했어.

예비 거지   느그 사장이랑? 아니면 실장인지 뭔지 하는 사장 형이랑?

예비 백수   둘이 같이 들어오던데. 그리고 자그마치 세 시간 동안 가스라이팅 잔치가 벌어졌어. 자기들이 이 회사 세울 때 얼마나 가난하게 시작해서 성공했는지, 그에 비해 지금 내가 얼마나 나약한 얘길 하고 있는지 주절거리더니 안 통하니까 결국 배신자래. 주말 동안 기회 줄 테니까 생각 잘 하라고 윽박지르다가, 불만이 있으면 대화로 해결해보자고 하다가, 사실 자기들은 나를 의리로 데리고 있다는 둥 지랄지랄을 하던데. 나중에는 내가 결혼도 안 하고 애도 없어서 책임감 없이 경거망동하는 거래. 진짜 웃기지 않냐? 임신한 직원들 버티고 버티다 드럽고 치사해서 관두는 거 몇 번을 봤는데 뭔 헛소리를 하는지.

예비 돌싱 진짜 우리 시댁이랑 논리 똑같네. 나이 든 사람들은 왜 그렇게 나약하단 말에 집착하지? 자기들이야말로 별거 아닌 일로 뒤로 발발 넘어가면서 맨날 의지가 없네 열정이 없네. 아니, '라떼는' 타령이 비웃음거리 된 지 몇 년인데 변하는 게 없어.

예비 거지 근데 나는 어른들이 진짜 뭘 모른다고 생각하진 않아. 차라리 너무 약아서 편한 길을 택하는 거지. 솔직히 얼마나 쉽냐? 우리처럼 맹한 애들 윽박지르고 후려쳐서 결국 굴복시키는 거. 니네 시부모는 늙은 척하고 니네 사장들은 젊은 척하잖아. 가정에서는 늙은이 타령이, 회사에서는 젊은 피 흉내가 먹히니까.

예비 백수 아, 너무 역겨워. 나는 이제 회사만 가면 빈속에도 갑자기 구역질이 나. 근데 토하는 시늉만 해도 입덧이니 뭐니 소문 도니까 그것조차 참아야 해.

예비 돌싱 그래도 축하해. 너는 진짜 곧 벗어날 수 있을 것 같아.

예비 거지 난 돌싱이 너도 웬만하면 벗어났으면 좋겠다. 어렵겠지만, 버틸수록 되돌림 비용이 커지는 일들이 있잖아. 나는 그게 딱 결혼 같아.

예비 백수 근데 난 돌싱이도 이해가 되는 게, 이제 결혼 같은 거대 이벤트 아니면 내 집 마련 기회가 절대로 돌아오지 않아. 다 알잖아? 아무리 짐을 줄이고 줄여도 너무 작아서 난장판이 되고 마는 원룸의 설움을…… 어떤 날에는 퇴근하고 집에 도착했을 때 집 꼬라지 때문에 더 지쳐. 이딴 집 월세가 한 달에 50만 원이 넘는다는 걸 믿을 수가 없는 거지.

예비 돌싱 나도 신랑이랑 둘이 모은 돈 합쳐봤자 택도 없어서 양가에 손 벌린 거 때문에 이러고 산다. 결론은 그럼에도 불구하고 전세지. 부모들한테 받은 돈도 결국 빚이고.

예비 백수 전세조차 평범한 월급쟁이 미혼한테는 꿈이랄까? 근데 좋은 꿈이 아니라 악몽이 되어버린……. 이제는 아파트 단지 불빛이 디즈니랜드보다 비현실적이야. 진정한 꿈과 환상의 세계는 놀이동산이 아니라 수도권 24평형 신축 아파트인 거야.

예비 거지 나는 사실 깨끗이 포기했어. 글만 팔아 갖고는 조카한테 쥬쥬 인형 하우스도 못 사 줄 것 같거든.

예비 돌싱 그래도 우리 중에서는 네가 제일 가능성 있잖아(?). 너도 지금부터 '해리 포터' 같은 거 써보면 안 돼?

예비 백수 맞아. '해리 포터' 작가도 처음엔 인지도 없고 가난했대.

예비 거지 야, 내가 한국의 조앤 K. 롤링으로 불릴
수 있는 유일한 방법은, 내일 당장 법원에
뛰쳐 들어가서 조앤 K. 롤링으로 개명을
시도하는 것뿐이야. 하지만 그래봤자 '정
조앤 K. 롤링'이라 영 아니게 되고 말아. 내
생각엔 돌싱이 네가 피그말리온처럼 신랑
새로 빚어서 영혼 불어넣고 완벽한 결혼
을 하는 거나 백수 네가 내일 창업해서 삼
성만큼 키워내는 게 더 빠를 것 같거든?
그러니까 헛소리 그만하고 딱 한 병씩만
더 마시고 집에 가자, 우리…….

(일동 취객 무리 특유의 광적인 톤으로 폭소한다.)

사실 나는 그날 필름이 끊겨 하루를 통째로 날렸기
때문에, 일련의 서술은 조각 기억에 회상과 추론을 모자
이크처럼 덧붙인 것에 불과하다. 하지만 모여봤자 맨날
똑같은 얘기만 하기에 사실이 아닌 것도 아닐 테다. 우리

의 이야기가 정말 영화였다면 다음 장면은 백수가 두툼한 사표로 사장 형제의 따귀를 치고, 돌싱이는 예비 시댁의 부적절한 요구들을 밥상처럼 뒤집어엎고, 나는 대박 작가가 되어 쥬쥬 하우스 말고 지음 하우스를 마련하게 되는 씬 아닐까? 그러나 현실은 콘텐츠로서의 기승전결 없이 펼쳐진다(기승전결 없이 접히는 것 같기도 하다). 드라마나 영화를 갈구하며 도망칠 수밖에 없도록 재미없다.

나는 하루하루 조앤 K. 롤링에게서 더 멀어진 채 그저 내가 되고 있다. 백수는 갑자기 집안에 목돈 들 일이 생겨 턱 끝까지 닥쳐온 퇴사를 취소해야 했고, 돌싱이의 후회도는 이제 999%를 넘고 1,000%를 달성했다.

좋아진 것 하나 없지만 보상이 없어도 생은 이어진다. 우리는 이제 서로가 호언장담한 대로 처신하지 못했다며 창피를 주고받지 않는다. "그만둔다며?", "시작한다며?"라고 추궁하는 일도 없다. 삶을 너무 모르다 보니 모르는 척에만 도가 튼 것일지도. 하지만 우리를 찌르는 것들이 너무 많은 세상이니 서로에게만큼은 뭉툭하게 굴어도 괜찮지 싶다.

음주와 연애의 상관관계

친애하는 나의 정신과 선생님은 아주 단호하시다. 나는 그를 좋아하지만 그분 앞에서는 깨방정을 멈추고 함께 엄숙해진다. 좋아하는 이에게 까불지 못하면 서러워지는 성격인데도 어쩐지 선생님께는 그럴 수가 없다. 그래도 한번 치대본 적이 있다면 술 문제 때문이었다. 상담 초기, 선생님이 너무나 급작스러운 금주 처방을 내린 것이다.

"어제는 얼마나 마셨죠?"

"소주 두 병이요."

"일주일 동안에는요?"

"어디 보자, 이칠에…… 십사니까 열네 병쯤이네요."

"당장 술 끊으세요."

"오늘부터요? 서서히도 아니고요?"

"네, 한 잔도 안 됩니다."

"……왜요?"

내게 불리했기 때문인지 답변은 기억나지 않는다. 몇 년이 지난 지금 나는 여전히 애주가로, 술을 끊지 못했다. 그러나 당시 상담은 내 연애관에 큰 영향을 미쳤다. 애인과의 파국이 보이는 순간마다 우리 선생님 특유의 단호한 음성이 먼저 떠오르는 것이다.

- 어제는 얼마나 싸웠죠?

- 소주 두 병 다 마시고 다음 날 해장할 때까지도 끝이 안 났는데요.

- 일주일 동안에는요?

- 어디 보자, 차마 셀 수가 없군요.

- 당장 그를 끊으세요.

- 오늘부터요? 서서히도 아니고요?

- 네, 한 번의 연락도 안 됩니다.

- ……왜요?

그러나 고질적 음주 문제와 다르게, 고질적 연애 문제의 해답은 이미 내 마음속에 있다. 나는 선생님께 묻지 않고도 이 연애가 내 정신 건강에 해로운 이유를 100가지는 댈 수 있다. 그리하여 우리는 헤어진다. 아는 바를 행하기 위하여. 지겨움보다 쉬운 고통, 외로움으로 도망치기 위하여.

◆ ◆ ◆

실제로 음주와 연애에는 닮은 구석이 많았다. 지속하는 것도 그만두는 것도 요원하다는 점에서, 그렇지만 언젠가는 반드시 끝이 온다는 점에서, 모든 게 참 쉽지 않아 결국 다시 쉬운 선택에 갇히고 만다는 점에서 그러하였다. 게다가 둘 사이에는 이미 괘씸한 유착이 형성되어 있었다. 술은 높은 확률로 연애를 촉발하고, 연애는 다시 유감스러운 폭음을 불러오는 식으로 알차게 서로를 돕는 것이었다. 한때는 나와 술과 연애가 한심하고 동등한 정삼각관계에 있다 싶기도 했으나, 실은 의존이란 단어를 은폐하고 싶은 나의 착각이었다.

이것들이 쌍으로 날 놀린다는 생각이 들자, 비로소 둘을 한꺼번에 내칠 결심이 서기도 했다. 술꾼 노릇도 사랑꾼 행세도 그만두고 본연의 나를 추구해보자는 것이었다. 인생은 어차피 공수래공수거. 무엇을 취하든 영원한 내 것이 아닐 테다. 우리 모두 갈 때는 헐벗게 되니 관념적 알몸 상태에 미리 처해볼 수도 있다고 믿었다. 뻔한 외로움 속으로 나를 밀어넣으면서, 외로움, 그것이야말로 삶의 본질이고, 일개 바보인 나는 달든 쓰든 삼키는 수밖에 없다고 윽박질렀다.

혼자됨은 예상대로…… 그러나 예상보다 훨씬 심심하고 쓸쓸했다. 심심과 쓸쓸 중 무엇이 더 큰지 모르겠는 가운데 불쑥불쑥 조갈 같은 짜증이 일었다. 맨정신을 인내하는 상황에서는 저절로 초 단위의 시간 변화가 감각되는 탓이었다. 다급한 나의 셈은 심지어 시계보다 몇 바퀴나 더 빨랐다. 한참 멀었음에도 어째서 한계가 오는 걸까. 비로소 때가 되었건만, 어른스러워지려는 시도 자체가 새삼 무상하고 불쾌했다.

당시 골몰한 생각은 음주와 연애가 정녕 내 젊음의 목적이냐는 물음이었다. 천만다행으로, 그것들은 결국 수단이었다. 나 말고도 만취나 헛사랑 따위를 남발해본 사람이라면 알 것이다. 검열 없이 펼쳐지는 쾌락은 가진 자극을 소진하고도 고갈 상태를 속인다. 일단 관성을 획득한 후엔 그것이 무방비한 자의식을 좀먹고 무럭무럭 자라난다. 쾌락 자체는 목적이 아님에도, 목적성을 띤 강화가 순식간에 진행되는 것이다. 따라서 지나친 쾌락 추구는 능동적인 형태의 자포자기이기도 했다. 나 역시 매일매일 주정뱅이나 누군가의 애인이 됨으로써 오롯이 내가 되어보는 비극을 방어하는 중이었다. 내가 보기에 나는 뜯어보기 전에 이미 구렸기에, 더는 깊게 알고 싶지 않았고, 실제로 술이나 연애로 들떠 있을 땐 내게로 가라앉지 않아도 되었던 것이다.

✦ ✦ ✦

　나름대로 오랜 고뇌를 거쳤지만, 여전히 자기 자신이 된다는 게 뭔지는 모르겠다. 사실 나는 아무것도 아니지 않을까? 어쩌면 내 삶이 반드시 가치로워야 한다는 강박 자체가 일종의 자의식 과잉 아닐까? 하는 생각만을 종종할 뿐이다. 술과 연애에 대한 탐닉은 의외의 경로로 멎었는데, 나이를 조금 먹고 체력이 떨어지니 하고 싶어도 지속할 수가 없어졌다. 과거의 내가 남달리 날뛴 이유가 남달리 힘이 좋았기 때문이라니 민망하여 약간 웃음이 난다.

인간에게는 모양이 없다

살면서 서너 번 정도 수위 높은 직장 내 괴롭힘을 경험했다. 그간 겪은 괴롭힘을 되새겨보자니 헛웃음이 난다. 괴롭힘은 괴롭힘일 뿐인데 '수위'랄 건 뭔가 싶은 것이다. 수위가 낮다고 버틸 만한 것도 아니고, 높다고 높은 수준의 처벌이 따라오지도 않는, 천하의 부당한 일이 직장 내 괴롭힘이다. 직장이란 어차피 가만 있어도 사람이 찢겨 나가는 곳인데 괴롭힘까지 가세한다니, 세상에 이런 게 대체.

다만 수치를 수치화하는 것은 나의 오랜 버릇이었다. 최고의 힘듦을 10이라고 할 때, 지금의 괴로움이 7이라면 지난날에 비해선 참을 만하다는 근거로 삼을 수 있었다. 그러다 보면 3 정도로 여겨지는 괴롭힘에는 차라리 감사하게 되었다. 김 대리의 이기적인 행동은 지난 회사 이 과장의 패악보단 훨씬 나으니까 상심해선 안 된다는 역방향의 긍정이 움트는 것이었다. 열 대 맞다가 세 대 맞는 사람에게는 줄어든 일곱 대가 보상이나 성취로 여겨지기 마련이다.

"여전히 괴롭지만, 확실히 예전보단 나은걸. 내가 더 강한 사람이 되었다는 증거 아닐까?" 실제로 과거의 난 이런 생각을 하며 너저분한 기쁨들을 주워섬겼다. 하지만 그건 더 많이, 더 자주 다치고 있다는 증거였다. 마침내 통증 왕국의 국민이 된 내가 이제는 고통을 시민 윤리처럼 감수할 줄 안다는 뜻이기도 했다. 나는 어려운 길을 가고 싶지 않아서 가해자의 논리라는 쉬운 길을 함께 걸었다.

그때는 아무리 마인드 컨트롤에 매진하고 자기변호를 퍼부어도 괴롭힘의 원인이 일정 부분 내게 있단 확신을 지울 수 없었다. 생각을 거듭하다 보면, 일부가 아니라 전부 내 탓 같기도 했다. 나는 눈치가 없고, 뭘 해도 더디고, 실수가 많고, 남을 짜증 나게 하니까 나라도 나를 공평하게 대하기 싫을 것 같았다. 타인의 미움을 긍정해주려면 이런 식으로 나를 완전히 부정하는 노력이 필요했다. 그래도 해낸 후에는 소주잔 같은 상대방의 그릇 대신 내 심장의 평수가 확장되는 기분이 들었고, 초라하게나마 우월감을 챙기고 퇴근할 수 있었다. 열등하여 괴롭힘의 대상이 되었다는 깨달음보다는 모두가 열등한 가운데 나만 특출나단 착각이 나았다. 똑같이 새 된 처지여도 미운 오리 새끼보다는 군계일학 쪽이 고상하게 느껴지는 원리였다.

하지만 당하다 보니, 직장 내 괴롭힘의 기전이 달리 보이기 시작했다. 불편을 지속하려는 사람은 없다. 회사에서는 모두가 자신에게 닥쳐오는 오만 가지 나쁜 일들을 피하려고 발악한다. 그러나 내게로 향하는 괴롭힘에는 현상만 있고, 결과로 따르는 불이익이 없었다. 오히려 나라는 존재는 가해자에겐 더없이 손쉬운 콘텐츠인 것 같았다. 가해자는 나를 통해 본인의 공적 권능과 사적 권능을 듬뿍 확인하고, '일하는 기분'과 '기강 잡는 기분'을 동시에 챙겼다. 어떤 가해자는 실제로 나를 괴롭히는 행위를 본인의 루틴 업무로 삼았다. 저항하면 막히고, 저항하지 않으면 변태의 가학 심리를 충족하게 되니 그야말로 사면초가였다.

가만있지만 말고 어떻게 좀 해보라는 조언도 많이 들었다. 왜 안 해보았겠는가? 한때는 나도 크고 작은 괴롭힘을 주변에 알리는 데 열심이었다. 그러나 고발하면 '고발자'라는 욕을 더 먹을 뿐이었다. 나는 순식간에 건방진 사람, 피해 의식으로 도피해 자신의 무능을 무마하는 사람이 되어버렸다. '더 이상 못 참겠다'라는 호소가 '조금도 참지 않겠다'라는 독기처럼 퍼지는 것만으로도 내 평판은 쉽게 무너졌다.

초중고 내내…… 아니 대학에서도 일종의 교리처럼 평등을 가르쳤다. 그래서 사회에 나가면 평등이 공기처럼 만연해 있을 줄 알았다. 모두가 똑같은 가치를 학습하고 모였으니까. 하지만 내가 목도한 사회생활에는 오로지 평등만이 없었다. 직장 내 괴롭힘이란 남들에겐 100% 적용되는 권리가 내 것만은 70%, 60%, 50%로 줄어든단 의미였고, 그만큼 다른 누군가가 130%, 140%, 150%의 영향력을 독점하게 된다는 뜻이었다. 원래 나는 성선설을 믿는다기보다, 믿어야만 한다고 여기는 입장이었다. 현실과는 동떨어져도 믿기로 한 가치가 우리를 더 나은 곳으로 이끈다고. 그러나 인간은 고작 십수 명 모인 곳에서도 기어이 서로를 착취했다. 더 실망하기 싫다면 그 성선설부터 거두어야 할 지경이었다.

이제 나는 어떤 것도 믿지 않는다. 사람에게는 정해진 모양이 없다고 생각하는 편이다. 사실 아직도 악한 개개인이 모였던 것인지, 회사라는 시스템이 사람들을 망쳐 놓은 것인지 모르겠다. 나를 괴롭힌 이들도 인스타그램 속에서는 이보다 선할 수 없는 소시민들이었고, 그들의 태평한 피드를 구경하다 보면 내가 겪은 일들이 거짓말 같아졌다. 그러나 거짓말 같은 것이 거짓말이란 뜻은 아니어서 나는 아직도 가끔 그때의 악몽을 꾼다. 음, 이

젠 별로 끔찍하지 않은걸? 나도 강해졌나 봐, 생각하면서
다시는 회사로 돌아가지 않는다.

우울에 관하여

나는 자주 우울하지만, 우울에 관하여 말하는 것을 좋아하지 않는다. 주위를 배회하던 우울이 자기 이름을 듣고 달려올까 봐 그렇다. 우울이란 자신이 깡패임을 숨기고 돌아온 옛 친구 같다. 재회하는 순간 나를 두드려 패니까 우린 결국 아무런 사이도 아니다.

우울과 내가 좀 더 결백한 초면이면 어떨까 생각한다. 나도 우울한 이를 앞에 두고 "너보다 더 우울한 사람도 잘 사는데 매사를 긍정적으로 생각해봐"라고 속없이 굴 수 있다면 좋겠다. 모든 것이 의지에 달렸다고 의자에 앉듯이 쉽게 뭉갤 수 있다면 얼마나 좋을까.

우울증자에게 상처를 주더라도 나의 우울부터 떨치고 싶으니까 나는 나쁘고, 그래서 우울은 나를 떠나지 않는다. 나는 너무 별로여서 우울할 의무가 있다. 나는 나를 버티기가 힘들어 우울을 씻어내기 위한 노력을 하지 못한다. 이제는 사람들이 뭐라든 상관없다. 힘내라거나 힘낼 필요 없다거나. 나를 위한 마음 앞에서 감사를 가장하며 무감해진다. 내가 가진 것이 참 많다고 알려주는 말들도 똑같다. 못 가져서 슬픈 게 아니고 구멍으로 다 새서 슬픈 것이다. 이제는 우울해서 결핍된 것인지, 결핍이 우울을 부르는지도 분명하지 않다.

명석하지 못한 나는 대개 미상의 이유로 우울해진다. 내 안에는 좋은 의도와 멋진 날들을 합쳐 폐기물을 만드는 영역이 있다. 내 안에 그런 것이 있다는 것 때문에 나는 매일 우울이 던진 물풍선에 얼굴을 터트리고 만다.

어째서 나를 뺀 세상은 보송보송 기쁠까. 사람들은 어떻게 성취하고 양보하고 인내하는 식으로 충만해질까. 나는 궁금하지 않은 질문에 치이다 의지의 골절을 느낀다. 함께 누운 우울이 사고의 뼈를 다 부수니까 대낮에도 혼자서는 침대를 벗어나지 못한다.

이제는 뜬금없이 지새우는 밤들이 새롭지도 않다. 자의식은 가난한데 의식만이 과잉된 나라서, 새벽녘 떠오르는 해도 상서로운 징조가 되지 못한다. 불완전, 불균형, 불건전. '不' 자에 종속된 단어들로 우울을 조립하는 내가 웃긴다. 수많은 불이 꽃을 피워도 나는 절대로 불꽃처럼 타오르지 않는다.

모든 뼈가 연골이던 시절에는 우울 또한 삶을 풍성하게 만드는 원료라고 믿기도 했다. 내가 만들지 않은 시간표 속 수학 과목처럼 싫어도 타당한 성장의 원천이라고. 그때 난 우울의 밖에서 우울을 관람하고 있었다. 우울이란 재미없는 것이지만, 내 것이 된다면 어떻게든 핸들링이 가능할 줄 알았다. 시간을 돌릴 수 있다면 우울에 대한 조롱을 숨길 것이다. 명예훼손을 참지 못한 우울이 곧바로 내 삶에 뛰어들었기 때문이다.

나는 단지 우울하단 이유로 웃고 울고 화내고 무리

하였다. 온종일 굶다가 세상의 모든 것을 다 먹고, 취하고 토하기를 반복했다. 도망치듯 놀러 나가 최대한 돌아오지 않는 식으로 슈퍼싱글 감옥을 탈피했지만 그것은 석방이 아니었다. 너무 요란하게 도망치는 사람의 도착지는 결국 시작점인 셈이었다.

가끔 우울하지 않을 때면 알 수 없는 심정으로 우울을 기다리게 되었다.

내가 여태 뭘 한 것인가? 아무것도 안 한 것이다.
내가 뭘 할 수 있을 것인가? 아무것도 할 수 없을 것이다.

생각에 생각을 거듭하며 이미 지나온 성취들을 의심하기도 했다. 그럴 때면 명랑하던 시절의 내가 이뤄낸 것들도 나 아닌 어떤 사기꾼의 공로 같았다.

우울이 정말로 깡패 데뷔를 끝낸 옛 친구라면, 그의 목적 또한 알 것 같다. 우울은 날 한 대 때리는 거로 끝낼 생각이 없다. 아무나 치고 돌아다니다 내가 있는 침대로 들어오려는 것이다. 안주라곤 굴욕감뿐인 술상을 차려주고 나와 함께 잠을 자고, 가라고 해도 나가주지 않으려고 내게로 돌아온다.

그리하여 우울은 옛 친구조차 아니게 된다. 알고 보니 우정이 아니었던 과거의 인연들처럼 느릴지언정 천천히 나를 스쳐 간다. 나는 여전히 불완전하고 불균형하고 불건전하지만 이제는 그 사실에 침묵하지 않는다. 나의 전투력보다는 시간의 흐름을 믿는다. 우울이 자기 이름을 듣고 달려와봤자 이미 늦었다고 말해주고 싶다. 나는 전화번호와 주소를 바꿨고, 우울은 이제 내게 연락할 수단이 없다.

이웃을 세탁할 자유

뜬눈으로 지새우던 새벽, 문득 이불을 빨아야 한다는 위기감이 들었다. 이럴 때의 나는 저돌적이다. 한시도 꾸물대지 못한다. 지금 당장 이불을 세탁하지 않고는 못 견디겠다는 생각에 결국 편의점에 간다.

건물 내 편의점은 코인 빨래방을 겸하면서, 24시간 백열등을 밝혀놓는 곳이다. 우리 동네는 시 외곽의 한적한 베드 타운이라서 24시간 내내 잠들지 않는 건 편의점뿐이다. 가끔 나도 밤을 새우지만 내 마음은 어두컴컴하니 편의점의 기특함에 비할 바는 아니다. 건물 내 구름다리를 건너 빨래방으로 가는 길, 초겨울 새벽 공기가 헛헛

하게 폐에 들어찼다. 잠시 짐을 내려놓고 맛있는 공기를 쩝쩝거렸다. 양질의 차가운 산소를 마실 때마다 그 전에 도 내가 숨을 쉬고 있었나 헷갈리는 마음이 되곤 하였다.

편의점 겸 빨래방엔 키오스크처럼 생긴 알바생이 있 다. 키오스크가 사람이 된다면 딱 저런 얼굴일 것 같은 …… 지루하고 공식적이고 여상한 표정의 남자. 휴대폰 으로 게임 방송을 보던 그가 발을 헛디딘 사람처럼 인사 를 건넸다. '어서 오세요'가 되려다 만 '어…… 오……'를 웅얼거렸다.

"네, 안녕하세요."

나는 누가 더 무음에 가깝게 인사할 수 있나 보여주 는 대신 씩씩하게 대답을 했는데, 그에게 빚진 것이 있기 때문이었다. 나는 얼마 전 이 편의점 매대에서 팩 음료와 얼음컵을 합치다 그 두 가지를 모조리 엎어버렸다. 상아색 바닥재가 온통 수박 에이드의 분홍색으로 물들었다. 경 험상 그렇게 달고 끈적끈적한 음료는 닦아내도 얼마간 찌 걱거린다. 그래서 반드시 몇 번이나 물걸레질을 하게 만든다.

"헉, 죄송해요. 진짜 죄송해요."

그는 나의 사과를 받아주진 않았지만, 여전히 키오스크 같은 얼굴로, 그냥 가면 자기가 알아서 하겠다고는 말해주었다. 나는 내가 만든 핑크색 개울을 보송하게 만드는 대신 잽싸게 튀었다. 그 후로도 몇 번 데면데면한 계산을 나눌 일이 있었으나, 사실 그가 나를 기억하는지도 지금의 키오스크가 그때의 그 키오스크인지도 모른다. 신도시에서는 알바생이나 진상 손님이나 뚜렷한 실체가 없었다. 모두가 빠른 시간 안에 비슷비슷한 개체로 대체되었다.

나는 번듯한 듯 엉성한 익명성 때문에 여기 터를 잡았다. 내가 나고 자란 시골 동네는 모두가 모두를 알아 귀찮았다. 학교에서 돌아오면 부모님이 불쑥 "너, 남자친구 생겼다며?"라고 놀리는 식이었다.

"아냐."

"아니긴 뭘 아냐, 철물점 아저씨가 나한테 사진도 보

여주던데."

"그 아저씨가 내 남친 사진을 어떻게 갖고 있는데?"

"그 집 둘째 아들이 너랑 같은 학교라고 했잖아. 이만수라고."

나는 만수를 모르지만, 그 촉새 같은 자식이 내 SNS에 다녀갔음을 짐작한다. 만수가 입조심을 안 하여 아빠는 내가 등교할 때 가방도 안 갖고 다닌다는 사실까지 알게 됐다. 하지만 삭발하듯 배나무를 밀고 세운 신도시엔 더 이상 소문을 실어 나를 터줏대감들이 없었다. 주민들은 아무런 속삭임도 나누지 않는다. 옆집 사람의 얼굴이란, 모르면 모를수록 미덕이었다.

대단히 부도덕한 일을 하자고 익명성에 기대는 건아니었다. 요즘의 일탈이라곤 고작 이렇게 새벽에 빨래를하는 것 정도이다. 하지만 편의점에 줄줄이 들어오는 저취객들이 아빠의 친구인지 친구의 아빠인지 구분할 필요없다는 점은 편리했다. 혹여 아빠 친구거나 친구 아빠일경우, 내가 왜 이 새벽에 극세사 이불에 집착 중인지, 안색이 왜 쑥색인지, 아직도 동틀 때까지 술 마시고 다니는지

해명하지 않아도 된다는 게 신도시의 익명성이 주는 혜택이었다.

　세탁기는 나의 4,000원을 삼킨 채 열심을 다해 돌고 있다.

　둥그런 투명 창을 응시하자니 진공의 새벽도 피곤에 비틀린 나도, 나선형으로 뱅글뱅글 합산되는 느낌이 들었다. 작은 LCD에는 몇 분째 '+32분'이라는 애매한 시간이 떠 있다. 내가 이 모든 감상을 떠올린 후 다시 세탁기를 응시하기까지 60초 이하가 소요되었다는 건 말이 안 되니 세탁기가 나를 속이고 있는 것이다. 신도시 세탁기가 4,000원을 지불한 고객에게 보이는 에티튜드에는 나 모르게 시간을 흐리는 것까지 포함될 것이었다.

　건조까지 마친 후 왜인지 더욱 둔중해진 이불을 다시 싸맸다. 양팔 가득 세탁물을 껴안고 뒤뚱뒤뚱 귀가하다가 익숙한 취객 몇 명이 담배 피우는 장면을 보았다. 어째서 낯이 익을까? 그럴 리가 없는데도. 우리가 여기 말고 다른 데서 스친 적이 있던가? 역시 편의점인가? 그렇다면 이런 사이는 초면인 걸까, 구면인 걸까?

나는 이 도시에서 생각할 필요 없는 질문을 떠올리며 우리 집을 찾아 걸었다. 아무리 마주쳐도 아는 사이가 되지 못한다는 거리감이 세탁한 이불보다 산뜻했다.

Chapter 3

먼 나랑 이웃 너랑

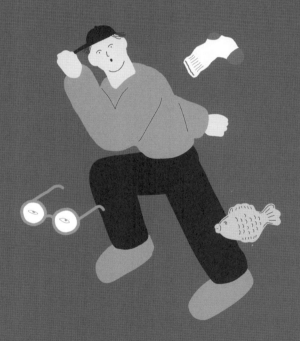

꼬마 트위터리안의 기쁨

어느 날 브런치에 "작가님 왠지 트위터 하실 것 같아요." 라는 댓글이 달렸다. 나는 진골 인스타그램 유저로서 트위터를 쓰고 있지는 않았다. 밖에서 힐끔 보는 트위터는 뭐랄까, 140자 단문 포맷이라는 것부터 좀 답답했다. 나는 말을 짧게 할 수가 없는 사람이기 때문이었다. 그때는 트위터리안들이란 으레 과묵하겠거니 생각했다. 오로지 말만 하는 사람들이라는 걸 몰랐던 것이다. 어쨌든 감사한 독자님 덕분에 나도 꼬마 트위터리안으로 거듭날 수 있었다.

처음에는 하나도 재미없었다. 애초에 다들 왜 이렇게 화가 난 건지 어리둥절할 지경이었다. 인스타그램에서는 안 친할수록 다정하게 구는데 여기 사람들은 안 친하니까 맘 놓고 서로를 물어뜯는 것 같았다. 아무도 내게 말 걸지 않았지만 타임라인을 내리다 보면 혼난 사람처럼 주눅이 들었다. 산에서 지르는 '야-호'와 같이, 혼잣말을 외치는 듯한 트윗 시스템도 낯설었다. 인스타그램이 '조잘조잘'이라면, 트위터는 어쩐지 '쩌렁쩌렁'하다는 느낌이었다.

그러나 얼마 지나지 않아, 내가 왜 트위터리안 같다는 말을 들었는지 이해하게 되었다. 일단 이곳에서 생산되는 밈들이 내 감성에 꼭 맞았다. 부끄럽지만 나는 어릴 때부터 약간 과격한 개그에만 함박미소를 짓는 사람이었다. 특히 날카로운 말장난을 좋아했다. 트위터 세상에는 만담가들이 참 많았고, 나는 화가 많은 만큼 흥도 넘치는 트위터 문화에 속절없이 빠져들었다. 가끔 너무 잔인하거나 비상식적인 트윗들이 넘어오기도 했지만 막강한 웃음잔치 앞에서는 장사가 없었다.

나는 트위터를 내 디지털 본거지로 삼고 종일 머물렀다. 스마트폰을 처음 가져본 초등학생처럼 스스로 절제하지 못했다. 그러자 작업 역량부터 무너지기 시작했다. 어느 순간부터 140자 이상의 글을 읽는 것도 쓰는 것도 내키지가 않았다. 결국 트위터 앱을 지운 적도 여러 번이었는데, 늘 민망하게끔 빠르게 돌아왔기 때문에 아무도 내가 사라진 줄 몰랐다. 나는 하릴 없이 트위터 CEO 잭 도시를 원망하기도 했다. '왜 이런 걸 만들어서 이제 막 걸음마를 시작한 병아리 작가를 가둬 놓나요?'라는 식이었다. 그 사람이 이 글을 본다면 "당신은 병아리고, 트위터 심볼은 파란 새니까 우리 모두 조류군요! 나와 '트친'을 맺어요"라고 할지도 모르겠다. 그리고 바로 이런 식의 헛소리가 트위터식 화법이었다.

의외로 내 실제 친구 중에는 트위터 유저가 거의 없었다. 있지만 계정을 숨기는지도 몰랐다. 어쨌든 나의 '트친'들은 대부분 인터넷 인연이었고 이때까지만 해도 나는 비대면 우정 자체를 좀 가볍게 여기고 있었다. 1년 내내 현실 지인들만 만나도 한 바퀴 순회를 마치기 힘든데, '트친'님들께 할당할 시간까지 있느냐는 거였다.

　　사람은 무언가를 확신하기 전에 신중을 기할 필요가 있다고 생각한다. 얼마 후 나는 '트친' 님들과 둘러 앉아 소고기를 먹고(심지어 초면에 얻어먹었다), 제주도 여행을 떠나며, 결혼식에도 초대받는 영광을 누리게 된다. 야무지게 놀러 다니다 현실 친구들의 야유를 사기도 했으니 머쓱한 일이었다.

　　[정지음. 넌 요즘 어딜 그리 쏘다니길래 맨날 읽고 씹기만 해? 지금 누구랑 있어?]
　　[나? 어, 너네들 모르는 친군데, 호놀롤루호두마루[+] 님이라고…….]
　　[장난 좀 그만 쳐라, 이 새끼야.]
　　[장난 아니야! 진짜로 호놀롤루호두마루 님이야. 심지어 본인이 직접 지은 거라고.]
　　[아니 그 호놀롤루 님도 멀쩡한 이름이 있을 거 아니

[+]　　'호놀롤루호두마루'는 작가가 임의로 지어낸 닉네임입니다.

164

야. 무슨 일 하시는 분인데?]

　　[앗, 트친 실명이랑 직업은 남한테 말하면 안 돼.]

　　[?]

　　[일이 그렇게 됐다, 얘들아.]

◆ ◆ ◆

　　반면 맞팔로우 상태에서 딱히 교류하지 않는 트친들도 있었다. 서로가 트윗을 올리면 꼬박꼬박 읽어주는 정도의 사이였다. 나는 특히 ADHD를 비롯한 정신과 환자나 성 소수자, 반려동물 보호자, 어린이 부모님들 트윗이 좋았다. 현실에서 들리지 않던 이야기들이 트위터라서 모인 것 같았다. 나도 가끔 사람들 용기에 힘을 얻어 내 조그만 비밀들을 털어놓았다. 여의치 않으면 귀여운 맷돌이 사진을 대신 올렸다.

　　어느새 친구가 4,444명이나 생겨버린 나는 더는 앱 삭제 충동으로 고민하지 않는다. 다만 혼자서 아무에게도 멘션을 보내지 않으며 생각한다. 실연당한 트친 님이 부디 상심을 회복하시길, 새로운 공부를 시작한 트친 님이 한 번에 합격하시길, 몇 개월 전부터 공들인 이직이 성공하시길, 극적으로 구조된 고양이가 얼른 가족을 찾길, 하루빨리 차별금지법이 제정되길, 이러하길, 저러하길……. '길' 자로 끝나는 길한 일들을 바라며 조용히 우정을 쌓아간다.

규범적 무규칙주의자의 일상

반년 전, 나는 전업 작가가 됨으로써 바라 마지않던 은둔 세계에 입성하게 되었다. 모아둔 돈도 없이 월세살이 중에 파격적 결단을 내린 셈이다. 주변의 염려가 무성했지만 정작 나는 괜찮았다. 왕복 3~4시간이 소요되는 출퇴근과 8시간가량의 업무에서 벗어날 수만 있다면, 완벽한 새 삶을 얻게 될 것 같았다. 퇴사 직후의 나는 가능성이 심하게 무궁무진하여 작가 말고도 무엇이든 될 수 있는 사람이었다. 유튜브를 해볼까? 요즘 유행하는 뉴스레터 메일링은 어떨까? 글쓰기 외주도 좋겠고 어쩌고저쩌고.

지금은 영상 크리에이터나 메일링 기획자, 그 외 수많은 프리랜서 선생님들께 죄송한 마음을 갖고 있다. 집에 틀어박힌다고 저절로 가능해지는 일은 없었다. 나는 어떤 틀도 깨부수지 못한 채 그야말로 틀에 박힌 나 자신이 되었다. 상상 속의 나는 24시간을 온전히 24명의 노예처럼 부리며 시간의 폭군 노릇을 하고 있었다. 그러나 생활이 지속될수록 24명의 상전이 나 하나를 후려 팰 뿐이었다. 시간은 정신없이 아우성쳤다. 네가 정녕 작가라면 글을 써! 싫다면 읽기라도 해라! 작가이기 전에 사람 아니냐? 최소한의 존엄을 위해 청소, 빨래, 설거지, 요리를, 지금 당장, 어서…….

　　기세에 눌려 억지로라도 일 처리를 했느냐면 그렇지 않다. 나는 성질이 나 찔찔 울면서도 불가능한 수준의 게으름을 지속했다. 동틀 녘의 희뿌연 빛무리를 목격하며 잠들었고 중고등 학생들이 하교할 때쯤 부스스 깨어났다. 창문을 TV 삼아 행인들의 궤적을 구경하다 보면 하루가 금세 다 갔다. 다들 참 열심히 살고 있었다. 나는 그러지 않았다. 어쩌면 나만 그러지 않을지도. 이때는 핸드

폰 사용 시간이 13시간, 14시간을 훌쩍 넘어가기도 했다. 애플사의 고위 간부도 나만큼 오래 아이폰을 들고 해쭉 대진 않을 테지만, 당시엔 무규칙이 내가 지킬 수 있는 유일한 규칙이었다.

이렇게 살자고 다짐한 적 없음에도 이따위로만 흘러가는 인생을 보며, 시간도 가치를 아는 놈에게나 보물이라는 걸 깨달았다. 시계가 왜 둥근지도 알 것 같았다. 그것은 빙글빙글…… 무한하게 내게로 돌아온다. 오늘 낭비한 3시는 내일도 마땅히 주어질 것이므로 아낄 까닭이 없이 흔해진다. 3시에게 무례한들 4시가 훼손되지도 않는다. 나는 할 일들을 전부 시곗바늘에 매달고 언제까지고 공회전을 하도록 두었다. 그리고 침대 속에서 정신이 혼미할 정도로 자거나 놀았다. 본래 정신이 혼미한 이는 정신을 다잡아야 자유로워진다는 걸 그땐 몰랐다.

그러던 어느 날이었다. 배달만 시키다가 문득 변덕이 솟아 커피를 사러 나섰고 예상치 못한 곤란을 겪었다. 일단 계절이 변해 있었다. 폐부로 차오르는 공기가 내 마지막 기억 속의 온도가 아니었다.

"안녕하세요, 주문하시겠어요?"

"어…… 안녕하세…… 저 커핀데요. 아메리카노, 그
거 차갑게. 저기, 한 개요."

"테이크아웃하시나요?"

"네? 아, 어, 네."

"할인이나 포인트, 현금 영수증 적용해드릴까요?"

"헉, 괜찮, 저 아니에요."

"네, 진동벨로 알려드릴게요."

계절이 떠나버린 나의 세상에서 이제는 일상 언어마
저 유실될 참인 것 같았다. 생각해보니 사람을 만나 면대
면의 만남을 나눈 지가 한참이었다. 목구멍에 통증이 일
만큼 차가운 커피를 들이켜며, 마침내 내가 '해도 해도 너
무한' 경지에 이르렀음을 인정하게 되었다.

어쩌면 나는 차라리 얼른 한심함의 에베레스트를 정
복하고, 하산할 시점을 기다렸는지도 모르겠다. 이것은
그저 본성이었다. 나는 늘 최악까지 닿고 나서야 부랴부

려 회복하는 식으로 성장해왔다. 좋음과 나쁨 양극단 사이를 헤매다 대충 주저앉으면 거기가 바로 중도였다.

카페에서의 충격을 에너지 삼아 완벽한 시간표를 짰다. 새벽 6시 기상, 샤워, 뉴스 읽기, 홈 트레이닝, 청소, 점심, 작문, 독서, 복싱, 저녁, 미얀마어 공부, 일기 작성, 명상, 스트레칭, 취침······. 시간 단위도 아니고 분 단위로 하루를 오려낸 나는 득의양양했다. 월스트리트의 탑 티어 자산관리사도 이 정도로 계산적이진 못할 것이었다. 그러나 글쓰기나 책 읽기는 차치하고 제시간에 밥 먹는 것조차 잘되지 않았다. 자야 할 시간이 와도 전혀 졸리지 않았다. 아무것도 지켜지지 않는 와중에 당황스러움과 배덕감이 커져갔다. 잘 살아보려는 노력으로 기분이 더러워진다면? 그 현상이야말로 못 살고 있다는 증거였다. 내 시간표는 곧 유통기한 지난 비인기 삼각김밥처럼 폐기되었다.

◆ ◆ ◆

사회성 회복의 일환으로 오랜만에 만난 친구는 나를

거세게 비웃었다. "제발 오버하지 말고 상식적으로 좀 살아라." 감사하고도 열 받는 충고도 해주었다. 너무 깊은 우정과 너무 맞는 말의 조합은 어쩐지 재수가 없다고 느껴졌다.

"지음아, 상식의 본질이 뭐겠니?"

"몰라. 나는 바보천치라서 몰라."

이때 나는 삶에 약간 심통이 난 채로 지쳐 있었다.

"식상(食傷)이야. 상식적으로 사는 건 좀 식상한 거지. 너는 늘 싸워서 쟁취하려 드는데 그건 협상이고……. 그냥 내려놓고 남들처럼 살아봐."

"복직이라도 하란 거야? 싫어!"

"출퇴근을 떠나서 세상에 통용되는 보편적인 일과표가 있잖아. 이쯤에는 밥을 먹고, 이쯤에는 잠을 잔다 같은 거. 크게 벗어나지 않는 선에서 너대로 살면 되지."

갑자기 친구가 우리 정신과 선생님처럼 보였고, 나는 눈을 감았다.

"대체 왜 새벽 6시에 일어나려는 거야? 미얀마어는 갑자기 뭐고?"

"미얀마어는 글자들 생김새가 엄청 귀여워."

"지 이름도 한자로 쓸 줄 모르는 게……. 저번에 산 라틴어 교재는?"

"걔는 여전히 잘 있어. 한 번도 펼쳐지진 않았지만."

"내가 볼 때 너는 애초에 성실해지길 원하지 않아. 왜 냐면, 그런 건 너한테 재미가 없으니까. 너 지금 시간표에 절절매는 것조차 일종의 놀이 같은 거잖아. 정말 그만 놀 때라 생각한다면 이런 짓부터 관두고 부디 네 할 일을 찾 아서 하렴."

나는 정곡을 찔린 자 특유의 비루하고 예민한 변명 을 일삼다가 나중에는 모든 걸 인정하며 우하하 웃어버 렸다. 눈물이 깃들었기에 형광등 불빛이 비칠 때마다 속 절없이 수치심을 들키는 웃음이었다.

◆ ◆ ◆

시간표에 항복한 후, 내 칩거 생활은 한심하기 짝이 없는 흐름을 원상 복구했다. 나는 침대 속에 파묻혀 솜 이불이 날 핥는다고 느낄 때만 행복하다. 잠자느라 아침 밥은 생략. 점심과 저녁이 자정 이후로 밀리는 일도 허다

하다. 한 시간 후에 내가 뭐 하고 있을지는 59분이 지나 봐야 안다. 그런데 이런 삶도 있는 거라는 생각이 든다. 월스트리트의 탑 티어 자산관리사가 나를 본다면, 어디에 저런 것이 있었나 진저리 치겠지만, 꼭꼭 숨어 있는 한 나도 내 통장도 그와 마주칠 일 없으니 괜찮다.

그래도 요즘은 매일매일 일정량의 글을 쓴다. 번개 맞은 듯 개과천선한 것은 아니고 과거에 얼렁뚱땅 사인해둔 계약서들의 마감 시한이 하나둘씩 도래하여 그렇다. 나는 이미 게으름이란 감옥에 갇힌 몸이라 더는 약간의 범법도 감수할 수가 없다. 내 월요일은 일요일의 쫄병일 뿐이어도 편집자님들에겐 그렇지 않을 것이므로, 무엇이든 계속하여 적는다. '반려 고양이 맷돌이가 나 대신 글을 써주면 얼마나 좋을까?' 매일 상상하지만 그 또한 대필이니 시도할 수 없는 요술이 되고 만다. 그러나, 이런 삶도 있는 것이다. 자유와 방종 사이에서 결론을 내리지 않는 삶, 그런 모호함을 유지할 작정으로만 굴러가는 삶도 있는 것이다. 멀리 갈 필요도 없이, 즐거운 나의 집 속에.

시궁창 컴퍼니의 세 친구

회사에서 만난 이들과 진정한 친구가 될 수 있을까? 어려운 일이지만 가능하다고 믿는다. 내겐 수지와 보나가 그 증명이었다.

그들을 만난 곳은 내가 얼마간 몸담았던 시궁창 같은 스타트업에서였다. 거의 창립 멤버 수준이었던 수지와 나는 내가 입사한 후 필연처럼 친구가 되었다. 우린 동갑이었고 바로 옆자리를 썼고 둘 다 웃음이 많았으므로 나머지 특징도 어차피 비슷할 거였다. 결정적일 때면 나는 독기를 내뿜고 수지는 더 착해지는 쪽으로 갈렸지만 어쨌든 우린 잘 맞았다. 사실 수지는 우리가 그리 꼭 맞는 관계가 아니라고 느꼈을 수 있다. 그래도 수지가 나를 좋아하고 나도 수지를 좋아해서 업무에서든 사생활에서든 양보가 원활히 발생한다면 대강 잘 맞는 거였다.

보나는 우리보다 세 살 언니였고 시궁창 컴퍼니에도 가장 늦게 들어왔다. 지각쟁이인 내가 웬일로 1등 출근을 한 비현실적인 겨울날, 사무실 비밀번호를 알 리 없는 보나가 손을 호호 불며 문 앞을 서성이고 있었다. "누구세요?" 내가 먼저 이렇게 물었던 것 같다. 나는 처음 보는 사람에겐 별다른 재롱을 부리지 않으니까, 아마도 평이한 어조였을 것이다. 보나는 차분하고 밝게 인사하더니 자기가 오늘 첫 출근을 하게 된 에디터라고 말했다. 그를 안으로 들이고 따뜻한 음료를 내가면서도 어이가 없었다. 사장에게 들은 바가 없기 때문이었다.

[수지야! 우리 회사에서 에디터를 뽑았던가? 어떤 사람이 첫 출근 했어.]

[몰라, 한두 번이야? 사장 새끼가 멋대로 뽑았겠지.]

[근데 에디터가 뭐 하는 사람이야?]

[몰라……. 수정하는…… 사람?]

수지까지 모르는 걸 보니 공지된 적이 없는 사안 같았다. 당시 우리의 사장 S씨는 완전히 맛이 간 띨띨이 아저씨였다. 그는 리더십과 옹고집을 구별하지 못하여 안타까운 짓거리를 자주 벌였다. 자기가 독단적이라는 걸 과시하기 위해 실제로도 무리한 독단을 자주 저지르는 식이었다. 특히 채용이나 해고에서는 혹여라도 미천한 평사원들이 말을 보탤까 봐 미리 노여워하는 사람 같았다. 그런 태도는 늘 우리를 민망하게 했다. 겁주려는 의도가 확연하지만 겁을 먹게 되지는 않아서, 겁을 연기해야 하기 때문이었다.

◆ ◆ ◆

보나는 머리통이 자그만데도 대두인 나보다 훨씬 똑똑했다. 듣자마자 오와! 소리가 절로 나오는 명문대의 졸업생이기도 했다. 어째서 이런 수재가 시궁창 컴퍼니에 오게 됐는지……. 나는 내 인생보다 더 그의 인생이 아까웠다. 따지자면 수지도 여기서 썩을 처지는 아니었다. 그 애는 멋진 신체 조건을 가지고 연예계 관련 과를 나왔고 대학 시절 이미 프로 같은 작품 사진을 찍기도 했다. 나는 셋 중 가장 초라한 나의 스펙에 우울을 느꼈던가? 흥미로워했던가? 잘 모르겠다. 무엇이 어떻게 다르든 우리에게는 못나고 거짓된 사장의 피해자라는 공감대가 있었다. 나는 그때 커다란 유감 속에서만 가능해지는 유대를 보았다. 불행은 확실히 행복보다 힘이 세다. 행복보다 달콤하지 못해 영양가가 높은 걸지도. 어쨌든 당시 가장 많이 떠올린 사자성어는 이이제이(以夷制夷)였다. 우리가 서로의 존재로 사장이라는 악재를 처치하진 못했지만, 같은 오랑캐를 적으로 둔 이상 하늘이 점지해준 짝궁이었다.

보나가 처음 온 날 점심시간, 담배를 피우시냐 물었다가 정중히 사양을 당했다. 알아듣고 더 이상 권하지 않았는데 다음 날엔 보나 쪽에서 나를 급히 찾았다. 사실자기는 금연 중인데 이틀 만에 못 참겠다는 거였다. 이유는 뻔했다.

"사장님…… 원래 저래요?"

보나는 사회생활 경험이 가득 찬 연상 특유의 억제된 톤으로 물었다.

"음…… 오늘은 괜찮은 편인데요? 지금 새 직원 왔다고 점잔 빼고 있잖아요. 원래는 훨씬 더 이상한 분이에요."

나는 보나가 도망갈까 봐 사장의 악행들을 나열하며 험담을 퍼붓지는 못했다. 수지도 묵묵히 할 말을 참고 있었다.

"아…… 저게요?"

"네. 이것 갖고 당황하시면 안 돼요. 곧 더 지독한 본성이 나올 거예요."

우리 셋은 사장의 본성이 나올 때마다 사무실 뒤편에서 담배를 피웠다. 그 장소는 좁고 아늑해서 머저리 보스의 눈을 피하기 좋았지만, 실외기 바로 옆이라 늘 거센 강풍이 몰아쳤다. 세 여자가 에어컨 광고처럼 머리털을 휘날리며 담배를 피우는 모습은 일견 웅장했다. 그러다

방향을 잘못 틀 때면 담배 불똥이 용접 중인 것처럼 마구 튀었다.

우리 셋은 엉성한 스모킹 타임 덕분에 빠르게 친해졌다. 우리가 까르르 웃어대는 소리에 햇살을 즐기던 길고 양이들의 심기가 불편해진 적도 많았다. 퇴근 후에는 남사당패처럼 어울려 다니며 하루 건너 하루씩 술을 마셨다. 업무와 상관없는 자리여도 사장에겐 비밀이었다. 우리끼리 사적인 자리를 가진다는 걸 알면, 우리 중 한두 사람에게만 애꿎은 야근을 시키며 패악을 부리기 때문이었다.

언젠가부터는 사장의 불합리한 행동들이 우정 미션으로 느껴지기도 했다. 우리는 힘들수록 잘 팬 돈가스들처럼 돈독해졌다. 자주 모였고 매일 톡을 나눴다. 매번 회사 욕만 한 건 아니었다. 업계 전망에 대한 토론도 하고, 경쟁사의 한정판 굿즈를 모으기 위해 정보를 주고받고, 가족이나 애인을 자랑하다 갑자기 열 받아 비난할 때도 있었다.

♦ ♦ ♦

어디서 듣기로 셋은 불완전한 숫자라고 했다. 특히 여자 셋이 다니면 반드시 한 명의 소외자가 생기고, 그로 인해 모두가 절단나게 된다고. 하지만 나는 여자 셋을 알 맞고 완전한 사이로 보았다. 착해 보이는 수지나 차분해 보이는 보나나 이도 저도 아닌 나나…… 어차피 각자의 방식으로 미쳐 있었다. 굳이 한 명이 소외되는 구도라면 우린 2:1이 아니라 1:1:1이었다.

생활하다 보면 동갑인 수지가 언니같고, 언니인 보나가 동갑처럼 느껴지는 순간이 있었다. 반대로 수지는 역시 친구고 언니는 단 세 살 차이여도 언니구나 느껴지는 순간도 있었다. 나의 순간과 수지의 순간과 보나의 순간들이 섞여 땋은 머리 같은 서사를 엮어가는 듯했다. 잘 땋은 머리는 굵고 힘센 밧줄과 같다. 잘해놓으면 일부러 헤쳐내도 풀리지 않는다. 우리는 사장 몰래 그런 연대를 형성하며 함께 사장을 버텼다.

내가 먼저, 그다음엔 수지가, 좀 더 오랜 후에 보나가……. 우리는 순차적으로 시궁창 컴퍼니를 벗어났다. 거긴 회사라기보단 사장의 1인 교도소 같은 곳이라 벗어나서도 오랜 기간 재사회화 기간을 거쳐야 했다. 남의 수명을 허물어 제 것 삼는 듯한 사람 옆에 있다 보니 자신감 넘치던 나도 주춤대는 인간이 되어 있었다. 말을 하다 말고, 듣다 마는 습관이 오랫동안 내게서 떨어져주지 않았다.

결과적으로 수지와 보나와 나는 퇴사 후로도 잘 지낸다. 각자 집이 멀고 일이 바빠서, 또 코로나 시국이라서 자주 만나진 못하지만 심적으론 그 시절처럼 가깝다. 하지만 사장을 벗어난 후에도 우리에겐 사장이라는 규격이 유효했다. 새 직장에서 이상한 사람을 만났다고 하면 "그 시절 그놈보다 더?"라고 묻는다. S사장보다 더 이상한 이는 존재하기 힘들므로 대답은 거의 "그 정도는 아니야"다.
누군가가 싫어 죽겠다고 하면 "S사장이 더 싫어, 지금 새로 만난 인간이 더 싫어?"라고 묻는 식이다. 우리 인생에서 놈보다 더 싫은 사람이 나타나긴 어려우므로 대답은 또 "그 정도는 아니야"이다.

내 귀중한 친구들이 애써 '그 정도는 아니게' 힘들어서 다행이다. 주말이 끝나갈 때마다 습관적으로 그들의 한 주가 평탄하기를 바란다. 옛날 시궁창 컴퍼니에서는 '우리'라고 뭉뚱그려 한 번이면 됐는데 이젠 세 사람 몫의 안녕을 따로따로 빌어야 해서 조금 쓸쓸한 기분이 들기도 한다.

너를 싫어하는 사람은 있을 수 없어

생애 처음 미움을 인지한 것은 다섯 살 무렵이다. 그때 난 이유 없이 나를 싫어하는 친구로 인해 속이 썩어들고 있었다. 지금 생각하면 내가 또래에 비해 맹하여 얕보인 것 아닌가 싶다. 어쨌든 고사리손으로 남의 적대감을 흩어보려던 순간이 선명하다. 갖은 수를 써봐도 친구의 마음을 돌릴 수는 없었다. 그 사실이 몹시 절대적이었기 때문에, 나의 기도는 친구가 나를 좋아하게 해달라는 단순 민원에 그치지 않았다. 나는 차라리 그 애가 나를 싫어한다는 걸 아무도 모르게 해달라고, 유치원에 '정지음을 미워하는 병'이 퍼지지 않게 도와달라고 호소했다. 운다는 걸 들키면 왜 우는지 말해야 하니까 눈물 자국을 숨기는 데 공을 들이기도 했다.

하지만 어린이답지 않은 치밀함에는 버거운 힘이 들었다. 몸무게를 훌쩍 넘긴 인생 무게에 짓눌리던 나는 결국 아빠에게 나의 곤란을 낱낱이 털어놓게 되었다. 아빠라면 오만 가지 예쁜 말로 편들어주거나 탕수육이라도 시켜줄 줄 알았다. 하지만 그는 오히려 인상을 확 찌푸리고 고개를 저으면서 어린 자식의 호소를 부정하는 것이었다.

"세상에 너를 싫어하는 사람이 있을 리가 있니? 그런 사람은 절대 있을 수가 없어."

순간 실제로도 주전자를 닮은 부친이 아라비안나이트의 요술 램프처럼 보이기 시작했다. 어린 마음에도 아빠를 문질러보기 잘했다는 생각이 들었다. 그가 펼친 양탄자 같은 위로에 올라타자 심신이 가벼워졌고, 눈물에 젖어본 적 없는 보송한 어린이가 된 것 같았다. 다섯 살의 내겐 과거랄 것이 없었으므로 그의 말은 늘 나를 괜찮은 미래로 데려다주었다.

　하지만 아빠가 걸어준 마법이 영원한 건 아니었다. 커가면서 내게도 차츰 정상성에 대한 개념이 생겨난 것이다. 신기하게도 나는 대부분의 기준에 미달했다. 그러나 치명적이진 않았다. 뒤집어 생각해보면 이성이나 논리의 침투를 받지 않기에 요술인 것이었다. 믿기로 정해둔 사실에 억지로 매료되는 순간만큼은 현상과 관계없이 나를 정상 범위에 두고, 남들을 비정상의 영역으로 밀어두며 안전할 수 있었다.

　재미있는 사실은 내가 아빠의 말로 아빠를 방어하기도 했다는 것이다. 중학생 무렵에는 매일 아침 잠에서 깨 서로의 얼굴을 쳐다보는 일 자체가 고역이었다. 아빠가 내게 "호적을 파서 나가라"라고 하면, 내가 "안 그래도 굴삭기로 파고 싶지만 면허가 없다"라고 빈정대는 식이었다. 세상 어디 너를 싫어하는 사람이 있을 수가 있냐고 묻던 아빠는 나로 인해 인내의 협곡에서 길을 헤매는 방랑자가 되고 말았다. "너도 너 같은 애 낳아봐라." 어쩌면

이 대사는 부모가 자식에게 보일 수 있는 최대한의 경멸 아닐까? 나를 낳은 사람이 어떤 식으로 곤란해졌는지 아는데, 같은 길로 빠지라니 이보다 악담일 수 없다.

어떤 순간의 그는 내 인성에 진지한 의문을 품고, "너 학교에 친구 한 명이라도 있느냐"라고 묻기도 했다. 내게 친구가 있을 리 없다고 확신하는 모양이었다. 나는 '세 자매 중 네가 제일 못됐다'라거나 '너처럼 고약한 애는 생전 처음 본다'라면서 머리털을 쥐어뜯는 아빠를 볼 때마다 귀를 후볐다. 아빠가 불행한 아저씨로 거듭난 것은 유감이었지만, '나를 싫어하다니 이상한 사람이군……' 하는 생각이 들 뿐이었다.

광란의 유사 인간 시절을 거쳐 조금이나마 사람 흉내를 내게 된 지금은 아빠에게 정말 미안하다. 나는 유달리 몸이 빨리 자란 대가로 양심의 성장 속도가 늦었던 것 같다고 인정한다. 이제는 아빠가 내게 주었던 구원을 약간 수정하여, 자식 된 도리에 맞춰 돌려드리고 싶다. 세상 누가 아빠에게 고난을 주다니 그것은 있을 수 없는 일이라고, 그러나 있을 수 없는 일이 얼마든지 일어나는 게 인생이기도 하니까, 그런 때가 온다면 이제 내가 당신을 위한 요술을 부려보겠다고 말이다.

나의 ADHD 친구들

《젊은 ADHD의 슬픔》 출간 전후로 귀중한 ADHD 친구들이 몇 명 생겼다. 특히 ADHD면서 글쓰기를 좋아하는 사람들은 친구 망태기에 담아 놓고 싶은 1순위 유형이다. 개인적인 생각이지만 ADHD들에게는 어딘가 웃기고 슬픈 구석이 있다. 슬픔을 웃음으로 승화하려는 그 모습이 더 웃긴다고나 할까. ADHD 친구들과는 일하러 만나서도 일을 해본 적이 없다. 폭발적인 수다량 때문인지 모임은 늘 개그쇼로 저물고, 술이라도 한잔 기울이는 날에는 순식간에 집에 갈 시간이 되고 만다.

최근에는 《나는 오늘 나에게 ADHD라는 이름을 주었다》의 저자 신지수 작가님 댁에 초대를 받았다. 첫 만남부터 내밀한 개인 공간에 모일 수 있었던 이유는 우리 사이의 겹지인 신동빈 씨 덕분이었다. 신지수 작가님의 대학 동문이자 나의 클럽하우스 친구인 신동빈 씨. 동빈 씨는 분명 생면부지의 클친이었는데 정신 차려보니 꽤 자주 얼굴을 보는 실친이 되어있었다. 동빈 씨도 일이 이렇게 될 줄은 몰랐다고 한다. 나도 몰랐다…….

동빈 씨와 신지수 작가님의 본업은 임상심리사다. 치료자로서의 방대한 학식과 질환자로서의 당사자성을 모두 가져서인지 함께 있으면 편하고 안락하다. 편하고 안락하다는 것은 그들과 있을 때 자꾸 장난기가 솟고 흥이 난다는 얘기다. 이렇게 털어놓으면 너그러운 작가님과 동빈 씨는 흔쾌히 장난을 허락해준다. 그러면 원숭이띠인 나는 꼬마 몽키로 변해 떠오르는 모든 얘기들을 좔좔 털어놓는다. 이럴 때 내가 하는 농담들은 입으로 추는 궁둥이춤 같아서 차마 공개적인 곳에 적을 수는 없다.

한번은 문득 '아! 이런 것이 자조모임인가?' 하는 생각이 뇌리를 스쳤다. 나는 진단 초기, ADHD라는 정체성을 소화하려 꾸역꾸역 애를 쓰던 시절에도 자조모임만은 시도해본 적이 없었다. 그냥 뭔가 무섭고 용기가 안 나기 때문이었다. 모르는 사람들을 잔뜩 만나야 한다는 두려움보다는(새로운 만남을 즐거워하는 편이다) 질환자 모임의 분위기가 질환의 무게만큼 엄중하리란 편견을 갖고 있었다. 내 머릿속의 자조모임, 특히 정신과 질환을 매개로 하는 모임은 어쩐지 이런 느낌이었다. '나의 슬픔 500×저 사람의 슬픔 500×그 옆 사람의 슬픔 500=도합 125,000,000의 눈물방울……' 돌이켜 보면 단순 사칙연산도 못하면서 해보지도 않은 경험을 계산하려 든 것이 어처구니없다. 코로나 없이 사람들 간의 만남이 자유롭던 시절에 한번 나가볼 걸 그랬다는 후회가 들었다.

사실 이 모임의 목적은 단순히 친목 도모였다. 그럼에도 난 ADHD 3명이 모여 함께 놀고 있다는 이유로 뭉클한 위안을 받게 되었다. ADHD끼리 모인 곳에서는 자연스럽게 ADHD적인 이해와 관용이 발생한다. 그날 우리는 12시에 만나기로 했는데, 정각을 체크하는 사람이 셋 중 아무도 없었다. 이 공간의 모두가 12시 00분도 12시 21분도 대충 12시로 셈하는 느낌이었다. 여기서는 팔꿈치를 휘두르다 물컵을 엎는 일 정도는 소동이 되지 못했다. 조심의 문제가 아니라는 것을 알기에 "조심 좀 하지!"라며 목청을 낭비하는 사람도 없었다. 내가 특출나게 실수하는 사람, 늦는 사람, 엉성한 사람이 되지 않는 모임이라니, 정말 매력적이었다. 엎지른 물을 치우고 얼마 후엔 신지수 작가님의 에어프라이어 속 종이 호일에 불이 붙었다. 그런 식의 좌충우돌은 나에게도 정말 익숙한 일이었다.

◆ ◆ ◆

만취한 나머지 추억의 30%가 소실된 첫 만남 이후, 나는 다소 경직되어 있던 우정관을 수정하게 되었다. 전에는 함께 수많은 시간을 보내야만 마일리지 같은 우정이 쌓이고 그것이 곧 사람과 사람 간의 신뢰 자본이 된다고 생각했다. 하지만 서로가 서로를 모르고 살던 시절의 이야기로도 단단한 공감대를 쌓을 수 있었다. 알몸으로 같이 사우나에 갈 수 있다거나, 사흘 안 씻은 모습을 보여줘야만 친구가 될 수 있는 건 아니었다. 내가 먹는 약이 어떤 성분인지 구구절절 설명할 필요가 없다거나, 내가 저지르는 사소한 실수들에 구차해질 필요가 없다면 충분했다. 병 때문에 뭔가를 얻었다는 생각이 드는 걸 경계하는 편이지만, 신지수 작가님과 동빈 씨는 확실히 내가 ADHD이기에 받은 선물 같은 인연이다.

지금은 갓생방 중입니다

부모님이 스무 살 무렵의 나를 두고 벌이던 설전을 기억한다. 내 생의 가장 오랜 목격자인 아버지께서는 내가 "친구 꽁무니만 쫓아 사흘 밤낮 그지꼴로 발발거리고 다닌다"라고 하셨다. 그 표현은 모멸적인 만큼 정확했다. 어머니는 이견이 없는 나 대신 "애가 아직 조랑말같아 그렇지 시간이 해결해 줄 거"라고 변명해주었다. 딱히 고맙지 않았으므로 나는 계속 밖으로 나돌았다. 그때는 정말로 집보다는 집 밖을 사랑했고, 집 안에서는 어떠한 재미도 느낄 수 없었다. 왜인지 몰라도 신나는 것들은 다 밖에 있었다. 내가 그토록 갈구하는 친구들, 사건들, 놀 것들. 당시엔 지갑이 텅 빈 채 길거리를 떠돌아도 곤궁한 심정을 느끼지 못했다. 스케줄러에 약속이 가득하다면 나는 진짜 부자보다 더 충만한 사람이었다.

십 년쯤 지난 지금은 '발발거리고 다니는 행위'를 완전히 멈추게 되었다. 시간의 흐름 덕분은 아니었다. 부모님의 염려보다 훨씬 힘이 센 전염병이 창궐했기 때문이다. 코로나 시대의 외출이란 더 이상 개인적 필요나 성향 차원의 문제가 아니었다. 조심해도 조심이 되지 않는 재난 속에서 나는 반강제로 '은둔'이란 걸 배워야 했다. 집에 머무르는 것은 이 시국에도 집을 택할 수 없는 사람들에 대한 최소한의 예의이기도 했다. 뛰쳐나가고 싶어질 때마다 간호사, 의사, 공무원, 구급대원들을 생각했다. 나의 하찮은 심심이 그들의 전투에 누를 끼치지 못하도록 철없는 마음을 부여잡는 것이었다. 마침 전업 작가가 된 내게는 출근이란 절체절명의 의무도 없었다.

그러나 처음 해보는 칩거 생활은 끔찍했다. 나는 스스로 인지하던 것보다 훨씬 활동적인 타입이었던 것이다.

나가면 안 된다는 단순명료한 금기로써 안온하던 내 집은 간수 없는 감옥이 되었다. 불쑥불쑥 외로웠고, 종일 닫아놓은 입과 방바닥에 붙여놓은 궁둥이에서 엉겅퀴가 돋아나는 것 같았다. 그러면 안 된다는 걸 알면서도, 그러한 행위가 도덕이나 교양과는 멀다는 걸 알면서도 스릴 게임처럼 감염 확률을 점치게 되었다. '내가 지금 잠깐만 나가 놀고 온다면? 진정으로 코로나에 걸릴까? 우리나라 인구가 5,182만 1,669명인데 오늘 하루 1,000명이 걸렸다면, 사실 확률은 엄청나게 낮은 셈 아닐까?' 말도 안 되는 궁리가 시작되었다.

사실 내게는 사사로운 외출에 대한 명분보다 나갈 수도 있지만 스스로 안 나가고 있는 거라는 느낌이 필요했다. 이 생활을 감금으로 여기지 않을 근거가 있어야 갇혔다는 절망에서 탈주할 수 있기 때문이었다. 도저히 안 되겠을 때엔 맷돌이를 보며 공연히 눈물을 찍었다. 내가 없으면 고양이 모양을 한 저 돼지의 밥은 누가 챙겨 줄까 앞이 깜깜했다. 그 애의 안전을 두고 흥정할 수 없는 나는 결국 진짜 은둔의 세계로 입성하게 되었다.

카카오톡을 붙잡고 살면서도 외로움에 허덕이는 나는 대단히 나약한 인간이었다. 하지만 그건 별난 노력 없이도 강해질 수 있다는 말이기도 했다. 겁쟁이의 성장은 겁을 지탱하는 고정관념을 깨는 것만으로도 훌쩍 성립하기 때문이다. 이 시점에서는 일면식도 없는 프랑스 수학자에게 큰 도움을 받았다. 그의 이름은 블레즈 파스칼. "인간의 모든 불행은 집에 혼자 있을 수 없기에 생겨난다"라는 명언을 남긴 바 있었다. 나는 그 한 문장을 오래 되새기다 내 은둔 생활의 표제로 삼았다. 뒤집으면 "집에 혼자 있을 수 있는 인간은 행복해질 것이다"가 된다는 점이 마음에 들었다.

1600년대를 살다 간 파스칼은 400년 후 한국에서 미쳐가던 외향인이 자기 덕을 보리란 상상을 못 했을 것이다. 나는 한 문장을 매개로 생소한 학자에게 친근감을 느꼈고, 시공간을 초월하는 느낌이 재미있었다. 아무한테나 멋대로 유대감을 갖는 내가 웃기기도 했지만, 덕분에 대면하지 않는 방식으로도 어떤 만남이 가능하다는 걸 배울 수 있었다. 여기서 아이디어를 얻어 전국 방방곡곡에 흩어져 사는 친구들을 화상미팅 앱으로 불러내기 시작했다. 어차피 매일 단체 톡을 나누던 빤한 사이였지만, 텍스트와 비디오는 완전히 달랐다. 같은 내용이어도 블로그 글과 유튜브 영상에서 두드러지는 정보값이 다른 현상과 비슷했다. 10년 이상 알고 지낸 친구들이 새삼 새로워지기도 했다. 밖에서 가끔 만날 때는 알 수 없던 그들의 너저분한 생활상이 화면으로 전부 들여다보였기 때문이다.

처음에는 온라인 술자리 같은 이벤트를 약속하고 모였다. 그러나 얼마 지나지 않아, 잠에서 깨면 곧바로 화상미팅 앱에 접속해 잠들기 전까지 머무른다는 암묵적 룰이 생겼다. 우리끼리 조회수 0에 수렴하는 브이로그를 찍는 것 같았다. 멤버 모두 집에서 작업하는 야행성 프리랜서이자 1인 가구라는 점이 행운이었다. 자연스럽게 모임 이름도 정해졌다. 요즘 유행하는 신조어 '갓생'에 '-방'을 붙여 '갓생방'이 된 것이었다. 그 전의 우리들은 의식주 전반의 균형을 잃고 각자 곰팡이 같은 삶을 살게 된 지 오래였다. 정신력도 체력도 약해져 쾨쾨한 일상에 몸서리를 치는 것만으로도 기력이 쇠할 정도였다.

그러나 장난 반 진심 반, 모임의 성격을 '갓생'으로 지정하고부터는 신기한 변화가 생겼다. 갑자기 앞다투어 '갓생'이라 불릴 만한 활동들을 전시하게 된 것이다. 특별한 것은 없었다. 남들에게는 기본이지만 우리에게만큼은 고되던 일들, 이를테면 제때 밥 먹고, 곧바로 먹은 자리를 치우고, 술 마실 시간에 청소나 빨래를 하고, 정신과 진료 일정을 맞추는 등의 사소한 성취였다.

친구들의 '갓생'은 내게도 고양감을 불러일으켰다. 누군가가 청소를 시작하면 갑자기 내 입에서 "나도 할래! 내가 더 빨리 해내고 말 거야!"라는 말이 튀어 나갔다. 그리고 서둘러 해냈다. 너무 쉬고 싶은 순간에도 친구들이 일을 하면 가만있을 수가 없었다. 개인적이고도 집단적인 성취가 늘어감에 따라 대화 내용도 건실해졌다. 전에는 우리가 얼마나 놈팡이들 같은지 묘사하며 낄낄대는 말들이 많았는데 차츰 서로에 대한 칭찬과 독려가 늘어갔다.

"너 오늘 엄청 성실했어. 인정한다."

"니네 집 순식간에 깨끗해졌네. 거봐, 하면 하잖아."

"얘들아, 우리 모두 혼술 안 한 지 열흘째야. 박수

한 번 치고 가자."

　　사실 나는 매일 함께 망해야만 진정한 친구 사이라 생각했었다. 친구와 놀면서도 성공을 누릴 수 있을 줄은 서른이 다 되도록 몰랐던 것이다.

　　칭찬으로 동기 부여가 되지 않을 때면 독기 어린 질타를 나누기도 했다.

　　"야, 삼십 분만 누워 있겠다며? 두 시간 지났어. 얼른 책상에 앉지 못해?"

　　"오후 3시까지 자는 것 너무 부적절하다. 내일 우리는 전부 오전 9시 기상이다."

　　"빨리 해! 지금 해! 우리 할 때 같이 해!"

　　제일 게으른 나는 매번 들볶이는 입장이었지만, 정신없이 볶이다 보면 나도 모르는 사이 볶음밥 같은 무엇이 뚝딱 생겨나 있었다. 내게는 그 점이 매우 환상적이었다. 실제로 갓생방 친구들의 당근과 채찍 덕에 나는 비교적 짧은 기간 안에 이 책 집필을 거의 마칠 수 있었다. 내가 쓰긴 했지만 친구들의 공로가 돋보이는 결과였다. 나는 비로소 시상식에서 상을 탄 연예인들이 스태프에게 영광을 돌리는 이유를 알 것 같았다. "많은 분의 도움이 아니었다면 지금 이 결과도 없었을 거예요." 그게 바로 진실인 것이다.

나와 친구들은 디지털 재사회화를 통해 함께 강해지고, 나아지고, 건강해졌다. 나는 믿을 수 없을 만큼 긍정적인 변화 앞에서 '마이너스 곱하기 마이너스는 플러스'라는 진리에 자주 감탄했다. 이제 갓생방 멤버들은 일상적 루틴 회복 단계를 지나 더 높은 층위의 활동들을 도모하고 있다. 가장 최근의 업적은 매일 밤 11시에 시작되는 '홈트 프로젝트'이다. 수십만 원 들여 등록한 운동도 세 번을 못 나가는 내가 갓생방 홈트 만큼은 몇 주째 성실히 이행 중이니 신기할 따름이다.

나의 은둔은 '은둔'이란 단어의 고유한 의미대로 진행되진 않았다. 나는 인정한다. 내가 주변과의 긴밀한 연결감을 통해 내 자신의 선명함을 확인하는 사람이라는 걸. 그러나 그것을 증명하기 위해 실제로 나갈 필요가 없음을 안다. 이제는 외출을 필요로 하는 제안들에 성가심

마저 느낀다. 내가 이런 말을 하게 될 줄은 몰랐지만, 집이 너무 좋다. 오늘도 지저분하지만 곧 갓생방 친구들과 청소하게 될 테니 잠재적 클린존이라 생각한다.

영주에게

영주에게

이 편지를 쓸까, 말까, 쓴다면 책에 실어달라고 말할까, 말까, 참 많은 생각을 했다. 나 원래 별 생각 없는 거 알지? 그런데 네가 죽은 후로는 내 머릿속 한쪽에 완전한 네 방이 생겨버렸어. 가끔은 내 공간도 없는 마음에 너는 언제나 살아 있다.

한때는 그게 너무 힘들어 털어내려 애쓰기도 했어. 덜 슬플 수만 있다면 정신과 약을 더 먹을 용의까지 있었거든. 죄책감 드는 선택이지만, 가끔은 죄책감이 그리움보다 쉽더라고. 내가 아주 얄팍해 쉽게 사는 방법에만 집착하잖아. 하지만 새로이 너를 잊자니 오랜 집착도 길을 잃더라. 너랑 같이 갈팡질팡하던 어린 시절에는 헤매는 것도 재미있었어. 5,000원씩 보태 떡볶이 값을 만들고, 게걸스럽게 해치운 후에는 한 푼도 없는 빈털터리가 되던 나날도 즐겁기만 했어. 근데 네가 간 후로는 쉽지 않은 모든 일이 지독하게만 느껴져. 돈이 꽤 있을 때도 너한테 한턱 낼 기회가 없어 심정이 허하다. 푸짐한 식당에서 1인분도 다 먹지 못하고 일어날 때마다 앞자리가 너무 쓸쓸해. 나는 시간의 변화를 잘 모르겠다고 느껴. 가끔은 이 모르겠다는 감각조차 모르겠어서 그냥 눈만 끔벅거리며 살아가.

네가 건강해서 우리가 함께 영화나 책으로 남들의 그리움을 구경할 때에는, 그게 세련되고 감동적인 심정인 줄 알았어. 하지만 홀로 남아 버텨내는 그리움은 아름답지도, 심지어 순하지도 않더라. 나는 그리움이 사람을 쥐어 팬다고 생각해. 어떤 날엔 많이 맞고 어떨 땐 덜 맞는다는 차이가 있지만. 어쨌든 내 마음에는 멍이 사라질 날 없는 거야. 네가 있어서 그렇게 좋았던 나이니 너 없는 생활이 얼마나 상처일지 알 수 있겠니? 새로운 친구들이 많이 생겨도, 너 하나 없다는 이유로 나는 항상 조금 비어 있어. 계절에 상관없이 그 공간에 찬 바람이 통할 땐 눈이 온통 시리고 목울대만 뜨겁다. 그러니 내게는 인공 눈물도 목도리도 필요하지 않은데 이건 좋은 일일까, 슬픈 일일까? 대답이 없으니 주절주절 떠들다가도 말을 멈추게 돼.

우리 예전에 자주 치던 장난 기억나? 막 떠들다 갑자기 정적이 닥치면 "방금 귀신 지나갔다!" 소리 질렀잖아. "근데 귀신도 감이 좋은 사람한테 온대. 우리는 둔해서 가위도 잘 안 눌리니까 괜찮아"라고 농담하기도 했지. 네가 귀신이라는 건 절대 아닌데, 나는 그래도 이 세상에 죽은 사람이 가끔 다녀갈 수 있는 통로가 있기를 소망하게 되었어. 여기에 나만 남은 건 너무 힘들잖니.

누군가를 떠나보낸 사람들은 다 이렇게 사는 건가? 잊거나 간직하는 데 노하우라는 게 있을까? 있지만 없고 없지만 있는 사람에겐 무엇을 줄 수 있을까? …… 혼자

고민해선 잘 모르겠어. 우리는 0.5 둘이 모여 1이 되는 사이였는데.

너 떠난 후 소식을 알리자면⋯⋯ 나는 드디어 작가가 되었어. 중학생 때부터 신묘한 힘 하나 없이도, 내가 작가가 될 거라는 예언만은 확신 있게 하던 너잖아. 능력보다 큰 기회를 얻어 출간이 확정되었을 때 제일 먼저 네 얼굴이 떠오르더라. 네 전화번호가 다른 사람 것이 된 지 오래라 궁상떠는 메시지 한 통 남기지 못했지만, 일단 세상에 내면 네가 어떻게든 읽어줄 거라 믿고 열심히 썼어.

그리고 두 번째 책에서는 드디어 약속을 지켰어. 작가가 된다면 책에 꼭 네 이야기 써주기로 맹세했었잖아. 대충 할머니 되기 전까지만 해내면 될 줄 알았는데 내가 또 늦어버리고 말았네. 우리끼리 정한 장난스러운 마감에 이별이라는 불가항력이 끼어들 줄은 몰랐지.

사실 나는 모르고 해버리는 지각에 관대한 편이거든. 몰랐는데 어쩔 거야, 모르는 걸 어쩌라고, 하는 식인데⋯⋯. 이 글이 네 삶의 끝보다 늦어버린 데엔 어쩔 수 없는 회한을 느껴. 남은 시간이 무한하다고 여기는 것,

그리하여 오늘 전할 수도 있는 마음을 내일로 미뤄버리는 것……, 이거야말로 산 사람이 저지를 수 있는 최고의 오만이자 착각 같아.

그리고 나 이제는 고양이를 키워. 주먹만 한 아기 맷돌이를 처음 봤을 때, 얘가 너 가고 나서 태어났단 이유만으로 네 환생이 아닐까 싶기도 했어(나는 미디어의 영향을 너무 받은 것 같아). 근데 맷돌이가 자기 똥꼬를 몹시 자주 핥는 거 보고 아, 영주가 아니구나, 단박에 깨달았지 뭐야. 네가 소름 돋게 깨끗하진 않았지만 이런 식으로 지저분하지도 않았잖아. 저만큼 유연하지도 않았고. 그리고 맷돌이는 맨날 나 샤워하는 걸 감시하려 들기 때문에…… 더더욱 네가 아니라는 생각이 들었어.

그리고 애석하게도 네가 사랑해 마지않던 아이돌 선생님들이 연달아 대형 사고를 치고 있어. 심지어 한 그룹도 아냐. 어떻게 보면 우리 영주는 사람 보는 눈이 탁월하긴 했구나, 근데 그게 거꾸로 달려 있었구나, 싶을 정도야. 이 외에도 너 떠난 후 세상은 여러 가지 측면에서 세심하게 구려지고 있는데 그건 나중에 만나서 마저 말해줄게. 너는 이미 천국에 있고 나는 아마 지옥에 가겠지만, 그래도 나중을 약속해놓아야 나중에 대한 기대로 살아갈 수 있으니까 말이야.

영주야.

작년에는 네 이름이 너무 흔해서 어디서든 마주하게 되는 것이 참 버거웠거든. 근데 이제는 내가 부르지 않을 때도 네 이름이 계속계속 발음된다는 사실에 안심하고 있어. 동명이인 영주들의 삶이 내게는 너를 잊지 않게 해주는 책갈피가 되는 셈이야.

나 방금은 암 환자를 위한 치료 지원 제도를 폐지하지 말아달라는 국민 청원에 동의하고 왔어. 나 한 명 따위에게 무슨 힘이 있겠냐 싶다가도 네가 같은 이유로 힘들었던 걸 생각하면 그냥 넘길 수가 없네. 아플 이유들은 왜 이리 삶에 가까운 건지, 왜 착한 사람들이 그렇게 지독한 고통에 당면하게 되는 건지, 도대체 기준이 뭔지. 어째서 몸속이 투쟁인데 몸 밖도 온통 싸울 거리인지 잘 모르겠다는 생각이 들어. 세상은 하나도 정의롭지 않고, 죽어야 할 사람들의 명이 길고 살아야 할 사람들의 시간이 너무 짧다는 이유로 여기가 이미 지옥처럼 느껴져. 여길 떠난 네가 천국에 있을 거라고 우겨야 마음이 아주 조금 괜찮아져.

영주야.

참고로 바보 김소담도 잘 있어. 걔가 글쎄 회사에서 과장이 되었다더라. 일하느라 더 말라서 이제 우리 중 뚱보는 나밖에 없네. 나중에 만났을 때 안 튀려면 나도 살 좀 빼야겠어. 소담이와는 자주 얘기하는데 접점이 오로지 너 하나였던 친구들과는 아직 연락을 못 하고 있어. 아무리 용기를 내도 부족하네. 하지만 언젠가는 가능해지겠지? 우리 집 창밖 도로에 자동차가 한 백만 대는 지나가고 난 후엔 말이야. 그때까지 부디 너도 잘 있기를 바라. 가끔은 답장처럼 꿈에 와서 근황을 알려줘도 좋아.

그럼 오늘은 이만 줄일게……. 안녕.

2021. 11. 09

혼자만 서른이 넘어버린, 영원한 너의 친구가.

망한 노래 연습

언젠가부터 가창력에 대한 선망이 생겼다. ADHD로 인해 3분짜리 음악을 감상하기도 힘든 나로서는 서글픈 바람이었다. 사람들은 작가가 노래를 잘해서 뭐 하겠냐고 위로했지만, 말투가 너무 다정해 오히려 노래를 못하는 건 맞는다는 소리로 들렸다. 사실 내 직업에는 노래 실력이 필요 없다. 하지만 내가 꾸물대는 집두더지에서 흥취를 아는 카나리아로 거듭난다면 지금보다 백 배는 신이 날 것이었다.

그래도 본격적 보컬 트레이닝엔 회의감이 들었다. 나

는 출석하여 뭔가를 배우는 활동을 끝까지 완수해본 적이 없었다. 학원, 헬스, 동호회 대부분 3회 컷이었다. 집 밖으로 나가는 것 자체가 큰 과업이므로 수고스러운 외출 준비를 마치면 도어락을 열 때쯤 이미 녹초였다. 어쩌다 활동이 성사되더라도, 내가 자주 하는 말들이 목표를 방해했다.

"우리 그냥 오늘은 놀면 안 돼?"
"다음에 두 배로 열심히 하면 되잖아."
"하안-버언-마안! 제에-바알!"

나는 상대방의 망설임을 허물고자 애교스러워지기 때문에, 그리고 나와 비슷한 사람들만 만나고 다니기 때문에 우리는 곧 목적을 잊고 우하하 파티를 열게 된다.

사람들이 내 어리광을 받아주어서 뭔가를 못 한다는 것은 당연히 변명이다. 그리고 변명은 내가 노래보다 잘하는 9,999가지 중 하나였다. 변명에 관한 한 나는 거의 신이니까 이번에는 배제하고 변명 없이, 징징거릴 상대도 없이 혼자 노래 연습을 해보기로 했다.

먼저 유튜브에서 '바이브레이션'을 검색했다. 나의 동요적 창법에 물수제비 같은 떨림을 줄 수 있다면 실력이 한결 나아 보일 것 같았기 때문이다. 온갖 좋아 보이는 영상들이 떴는데 결과가 너무 많았다. 혼돈을 겪다가 '바이브레이션 여자'로 검색어를 강화했다. 여성 강사님들의 보컬 강좌는 딱 두 개 나오고, 그 밑으론 성인용품 바이브레이터를 야외에서 쓰는 여자 친구들 영상이 이어졌다. 아마도 남자 친구로 추정되는 한심한 인간들이 찍은 것 같았다. 정말로 유해하고 망측했다.

내리다 보면 원하는 영상이 나올까 했지만 괴물 진동 팬티라는 것이 성인들의 세계를 덜덜거리게 한다는 쓸데없는 정보만 한 트럭이었다. 하지만 내가 떨고 싶은 건 성감대가 아니라 성대였다.

몇 번의 검색을 더 한 끝에야 난잡해진 시야를 '스탠딩에그' 에그2호 선생님의 영상으로 정화할 수 있었다. 이 영상이 가장 쉬운 것 같아 (영상미도 좋다) 틀어놓고 연습을 시작했다. 에그2호 선생님은 배에 힘을 준 상태에서 "아!
아! 아!" 하고 강세를 주며 반복하다 보면 어느새 바이브
레이션이 완성될 거라 했다. 아주 쉬워 보였다. 그치만.

"아! 아! 아아아아악!"

첫 번째 시도는 너무 거센 나머지 복통을 겪는 떼쟁
이의 짜증 같았다. 이렇게 열 번만 질렀다간 옆집에서 112
나 119를 불러줄지도 몰랐다.

"아-아-아. 아-아아아아……."

두 번째 시도는 너무 힘을 빼서, 굶어 죽어가는 늑대
의 마지막 하울링처럼 들렸다. 모든 일이 그렇겠지만 바
이브레이션도 완급 조절이 중요했다. 사실 나는 배에 힘
을 준다는 감각 자체를 잘 몰랐다. 복근과 나는 오래전
에 이별했고, 근미래엔 만날 수 있는 방도가 없었다. 그래
도 마시멜로 뱃살을 육포 상태로 만든다고 생각하니 그
부분에 얼마간 힘이 들어가는 듯했다.

나는 우렁차게 뻗어나갔다.

"아! 아아… 호오옹……."

"아! 아! 아! 아!(삑)"

"아으아으어어!"

"우오아아아아악!"

"(삑) (삑) (삑)"

"(무음)"

"(뻐끔뻐끔)"

소리는 점점 늘어지고 흉해지다 이윽고 나오지도 않았다. 나는 영상을 멈추고 나 자신에게 진지하게 물었다.

'너 할 생각이 있냐?'

내 속의 내가 뻔뻔스레 대답했다.

'당연하지! 나는 조수미 선생님이 절대 모르게 그분의 수제자가 될 거야.'

하지만 재개된 연습도 처참했다. 나는 에그2호 선생님의 가르침을 다 보기도 전에 방바닥을 데굴데굴 구르며 웃게 되었다. 목을 쓸수록 내가 불량품 리코더로 거듭

나는 것 같았다. 이것은 가창력의 문제라기보다 '그냥'의 문제 같았다. '그냥' 잘하는 사람이 있으면 나처럼 '그냥' 못하는 애들이 있고, 총합으로 낸 지구의 평균이 결국 제로가 되는 시스템인가 싶었다.

웃느라 배의 힘을 다 쓰고 나자 이내 침울해졌다. 이만큼이나 재능 없는 것이 차라리 다행인가 싶기도 했다. 글에는 어쭙잖은 재능이 있어 작가이지도 못하고 작가가 되기를 포기하지도 못한 채 오래 고통받았기 때문이다.

생각해보면 예전에 음악 하는 사람을 만난 적이 있었다. 그는 기타를 끝내주게 잘 쳤고 나는 그러지 못했다. 내 손가락의 가동 범위는 노트북 자판 정도였던 것이다. 그래도 우리가 사귄다면 자연스럽게 음악 세계에 가까워질 줄 알았는데, 택도 없었다.

물론 그는 내게 기타를 가르쳐주려고 했다. 공통 관심사가 거의 없었으니 내가 기타를 배우면 오순도순 할 얘기가 참 많아졌을 것이다. 그러나 교습 과정은 15분 만에 사랑의 심판대가 되었고, 30분을 넘길 즈음에는 사랑의 단두대가 되었다. 이유는 모르겠지만 기타를 잡은 내 손가락이 손모아장갑처럼 꼭 붙어 떨어질 줄 몰랐기 때문이다.

"이렇게?"

"아니."

"그럼 이렇게?"

"아니, 그 반대."

"이제 알겠다! 이거지?"

"아니 아니, 그쪽이…… 아니라니까!"

"아이씨."

"자기야. 화내지 말고 들어봐. 자기는 기타에 재능이 하나도 없어. 내가 본 그 누구보다……."

사랑했던 기타리스트는 내 목소리에 코멘트를 주기도 했다. 노래는 본인도 못하지만, 애초에 내 목소리 자체가 멀리 뻗어나가는 소리가 아니라고 했다. 무슨무슨 학적으로 소리의 파동이 어쩌구…… 큰 소리가 꼭 멀리 가는 소리는 아니지만 자기의 목소리는 크지도 않고 멀리 가지도 않고 어쩌구……. 나는 담담한 척하다가 혼자가 되었을 때 조금 울었다. 노래를 못한다는 것을 씩씩하게 납득하기엔 춤도 너무 못 춰서 억울하기 짝이 없었다.

부모님은 나의 허접한 가무 실력이 집안 내력이라고 했다.

"나도 못하고, 너도 못하고, 너희 아빠도 큰아빠도 작은아빠도 못하잖아."

"어떻게 그럴 수 있지?"

"너희 사촌오빠도 못한단다."

사실이었다. 언젠가 명절, 흥에 취해 몰려간 노래방에서 실로 충격적인 그의 노래를 들어본 적 있었다. 오빠가 심한 장난을 치는 줄 알았으나 그는 본 중 가장 진지하였다. 그의 음성은 불순한 세력이 끼어든 주식 그래프처럼 예측할 수 없는 폭으로 오르락내리락했다. 때로는 올라가기만 하다 내려오지 않았고 때로는 한없이 낮아지며 자신의 최저점을 갱신했다. 사촌오빠는 나보고 노래를 잘한다고 했지만, 어디까지나 자기와 비교한 것이므로 칭찬이 아니었다.

현재는 노래에 대한 불가능한 욕망을 접고 산다. 그

래도 에그2호 선생님의 가르침은 복근 소환용 명령어로 유용하다. "아! 아! 아!"라고 해보면, 둡실한 살집 속에 숨은 복근이 수줍게라도 응답을 주기 때문이다. 조수미 선생님의 수제자를 노렸다는 사실이 영원히 비밀일 수 있다는 것도 다행이다. 하마터면 세계 소프라노계를 조금 다른 방식으로 위협하는 작가가 될 뻔하지 않았는가.

서른 판타지

"너도 이제 ○○살인데 정신 차려야지."

나는 또래보다 철딱서니가 없어 이 말을 매년 들으면서 자랐다. 20, 25, 27, 28…… 사실 29세까지도 큰 타격은 없었다. 정신 차리는 것보단 정신 차리란 말이 주는 스트레스를 감내하는 게 쉬운 탓이었다. 그러나 30은 달랐다. "너도 이제 서른인데 정신 차려야지"는, "너도 이제 스물아홉인데 정신 차려야지"보다 훨씬 타격감이 컸다.

나는 겸손한 척하면서 겸손 아닌 이유들로 자주 고개를 숙였다. 솔직히 털어놓자면 대책 없는 나 자신이 비

렁뱅이 같고 창피했다. 그동안 어린 나이로 얼버무려온 여러 가지 격차가 점차 분명해지고 있었다.

서른이지만 아무것도 아닌 나.

서른밖에 안 됐는데 이미 무언가가 되어 있는 저 사람들.

우린 종이비행기와 우주 로켓처럼 생애 추진력이 달랐다. 끝도 없이 비교하다 보면 내가 자산, 커리어, (정신)건강, 인맥 등의 장르에서 골고루 비루하다는 걸 인정할 수밖에 없었다. 그건 패배였고, 내 처지의 범인이 바로 나임을 깨달아가는 굴욕스러운 과정이기도 했다.

공자가 말하길 30세란 곧 '이립(而立)'이었다. 마음이 확고하여 도덕 위에 서서 움직이지 않는 나이. 나는 그 사람을 전혀 좋아하지 않는데도 스물여덟쯤부터 이립이란 단어를 시름시름 앓기 시작했다. 시간이 아무리 지난들 조금도 확고해지지 않을 내 모습이 뻔하기 때문이었다. 나는 한층 더 부도덕하고 부산스러운 서른이 됨으로써 마침내 자기 예언을 이루었다. 부모님이 나를 종종 떠보면서도 안심하지 못하는 걸 보면 밖으로도 어설픈 티가다 나는 것 같았다.

"너 혹시라도 뭐 사고 친 거 있으면 지금 이 자리에서 말해. 안 혼낼 테니까."

"무슨 소리야, 나는 일단 결백해! 앞날은 새카맣지만."

"진짜 문제없는 거지? 정말이지?"

"우웅."

"너 돈은 얼마나 갖고 있어?"

"몰라. 한 10에서…… 15만 원."

"그게 어떻게 문제가 없는 거니? 아우, 내가 정말 너 때문에 (이하 생략)……."

나는 입이 작고 볼살이 통통해 뭘 말해도 웅얼거리는 것 같고, 이 점이 다시 부모님께 불신을 드린다. 안타까운 일이지만 말버릇도 통장 잔고도 시정되지 않는다.

그러던 내가 《젊은 ADHD의 슬픔》 출간 후엔 갑자기 여기저기서 정중한 대우를 받게 되었다. 책을 내긴 했어도 작가라는 호칭은 아직 어리둥절한 가운데, 1992년생 독자님들의 고민 상담 메시지가 이어졌다. 그분들 중

상당수가 작가님에 비해 자신이 너무 초라하다며 슬퍼하고 있었다. 그러나 연동된 SNS 계정을 눌러보면 이미 나보다 훌륭히 살고 계시는 경우가 태반이었다. 어떤 분들께는 오히려 내가 인생 알차게 사는 꿀팁을 여쭙고 싶어질 정도였다. 확실히 서른에는 요상한 마력이 있는 모양이었다. 그저 30세를 달성했을 뿐인데, 각자 대단하고 고유한 우리 중 충만해 보이는 사람이 없었다.

이것은 좀 이상하지 않은가?

서른에 공격받는 선량한 이들을 떠올리다 보면, 결국 그들의 가치보다는 서른의 가치를 의심하게 되었다. 서른이 정말 그렇게나 대단한 것인지. 애초에 나이 자체가 사회적 합의의 탈을 쓴 사회적 판타지 아닌지. 곰곰이 따져볼수록 역시 모든 것이 환상에 불과하다는 결론이 나왔다. 내가 설계한 환상이 아니기에 매력도 없는 거였다.

작은 고난에도 쉽게 꼬마가 되는 나는 서른이 어른이라는 데 동의한 적이 한 번도 없었다. 내 생각에 서른이란 그저 3과 0이 갑작스레 한편을 먹고 내게 민망을 세뇌

하는 현상에 지나지 않았다. 그러니까 서른에 당당하긴 어렵고 수치심에 사로잡히긴 쉬운 것이었다. 때로는 서른에 부과된 의무가 오히려 서른의 묘미를 망치는구나 싶기도 했다. 서른이 보장하는 것은 겨우 서른하나뿐일진대 어차피 올 순간들이 두려워 손톱만 씹게 되니 말이다.

서른을 해체하는 과정에서 내가 겁이 많아 오히려 무리수를 둔다는 것도 알게 되었다. 내게는 불안할 때마다 인생을 다 아는 척하는 습관이 있었다. 어떤 나쁜 일이 닥쳐올지 전부 안다고 소리쳐두면, 스포일러에 김이 샌 불행이 나를 포기하리란 계산이었다. 그러나 사실은 아는 바가 없었다. 나는 빈 수레가 요란하다는 만고불변의 진리에 따라 그저 신명 나게 덜그럭거릴 뿐이었다. 이런 방법은 파이팅이 넘쳐 보여도 나약하고 조악한 처세라 오히려 불행의 먹잇감이 되곤 한다. 따지고 보면 나의 얼룩진 1년이 그 증명일지도 몰랐다.

그래도 이제부터는 서른을 평가하지 않으려 한다. 후회한다거나 후회하지 않는다거나, 좋았다거나 나빴다는 식의 감상도 덧붙이지 않고 넘어간다. 혹여 칭찬만을 허용하더라도 그것 또한 어떤 의미의 다그침이 될 것이기에 차라리 전부 멈추는 것이다. 2021년을 미리 종료한 채 2022년으로 넘어가는 중이란 생각이 든다. 조금 더 가뿐한 심정이 마음에 든다.

우리 시대의 낭만

첫눈 덕분에 배달음식 주문이 죄다 취소되었다. 당장 빨리 갈급하게 먹고 싶어 건물 내 반찬 가게로 향했다. 환갑쯤 되신 사장님이 내 열 배로 명랑하여, 나는 왜인지 부끄러움과 송구함을 동시에 느끼는 곳이다. 나는 예의범절에 구멍이 심해 낯선 어른을 두려워하는 부류였다. 보통은 다들 어른을 어려워한다는 걸 늦게 깨달은 부류이기도 했다. 인사할 준비 하며 문을 여는데, 까르르 폭탄이 터진 듯한 분위기가 먼저 나를 감쌌다.

"안녕하세요, 밖에 눈이 와요!"

"네에, 그렇네요!"

오버하며 히죽거렸더니 마스크 위 안경으로 콧김이 빡 올라갔다. 웃고 있는 사장님이 뿌예졌다. 코로나 시국의 가장 큰 피해자는 역시 안경잡이들이라 생각할 때였다.

"밖에 눈이 오니 아가씨 마음이 어떻던가요?"

어른들은 가끔 진짜 일상적인 순간에 시적인 질문을 하신다. 응당한 대답을 드리고 싶었으나 밑천이 없어 솔직한 마음이 튀어나왔다.

"너무 싫어요. 내일 출근할 때 차가 밀릴까 봐 벌써부터 걱정이……."

"호호호, 참 예전 같지 않죠. 우리 다들 낭만이 없어졌어요. 코로나 때문에 살기 힘드니 더 그런가요?"

수긍하며 '낭만'이란 두 음절을 곱씹었다. 낭만, 낭만, 낭만…… 별거 아닌 발음이 이렇게 새삼스럽다니 참으로 낭만적이지 않았다. 언젠가부터 바스락거리기 시작한 이 마음이 코로나 탓만은 아닐 거였다. 게다가 내 출퇴근길은 정말 길고 험난했다. 집에서 회사까지 왕복 3시간이 걸리는데, 중간에 긴 환승 루트도 하나 껴 있었다.

사무실에서 "우리 동네로 회사 옮기면 안 되냐"라고 농담하면, "그럼 대표님까지 다 퇴사하고 지음 씨만 남을 것"이란 대답이 돌아오는 거리였다. 어쨌든 경기도 외곽 거주민은 일요일 오후부터 출근 걱정에 낭만을 뜯기기 마련이었다.

　　만드는 이의 낭만이 가득한 반찬 쇼케이스는 오색찬란했다. 내 생각에 한식은 아름답고, 한식을 만드는 사람도 그랬다. 공룡이 똥 싸고 밟은 것 같은 김치전을 두 시간에 걸쳐 망치는 내게 식사를 다루는 곳은 항상 별천지였다. 근데 사장님의 손을 보면 영광 뒤에 숨은 고생을 알 것 같았다. 물기에 불어 있는 통통하고 붉은 손가락들은 젤 네일 스티커로 공들여 치장하는 내 손과 많이 달랐다. 내 손도 고운 손이라 할 수 없지만 뭐랄까, 흉터의 속성부터 어떤 연륜, 어떤 낭만 혹은 낭만 아닌 것들까지 차이가 났다. 사장님에겐 열심히 음식 하는 사람 특유의 구김살 없는 에너지도 있었다. 내게는? 열심히 구겨진 사람 특유의 에너지 고갈과 허기뿐이었다.

약간 강박적으로 낭만을 되새기는데 자꾸 안경에 김이 꼈다. 필수적이고 귀찮은 숨결이 동그란 유리알에 거듭 수납되었다. 정신이 산만해져서 안경이나 낭만 중 하나를 벗어버리고 싶었다. 안경이 없으면 살 수 없으니 벗겨지는 건 낭만이 될 터였다. 사실 내게 낭만이 없는 이유는 다른 가치와 붙을 때마다 낭만이 지기 때문이었다. 한 달 벌어 한 달 먹고 살기도 바쁜 일상에서는 낭만적이려는 시도들이 성가셨다. 낭만을 추구하는 데에도 비용이 들었고, 들인 돈에 비해 얼마만큼의 낭만을 회수했는지 따져보는 나는 결국 낭만적이지 않았다. 현실도 가성비를 따지는 습관이 곧 현명함이라 가르쳤다. 낭만 없는 사람들만 이기는 세상이 되었는데, 낭만을 키워갈 수도 완전히 버릴 수도 없는 나로선 뭔가 억울한 일이었다.

사장님이 우두커니 선 채 딴생각에 빠져 있는 내게 말했다.

"근데 오늘 백김치가 정말 맛있게 됐어요. 손님들이 이걸 안 사 갈 때마다 마음이 안타까울 정도예요."

"헉, 감사해요. 근데 전 김치를 안 먹어요."

"정말요? 김치가 세상에서 제일 맛있는 건데. 김치를
왜 안 먹어요?"

"헉, 그게…… 너무 매워서요."

"백김치는 안 매우니 드셔보지 그래요."

"헉…… 사실은, 전 사실 김치가 싫어요."

나는 곤란할 때마다 헉헉거리고, 이런 점이 나를 띨
띨해 보이게 했다. 근데 내가 띨띨한 것도 김치를 안 먹는
것도 사실이었다. 특히 난 장인정신으로 공들여 만든 김
치 맛이 너무 어려웠다. 가끔 깨작대는 것도 급식이나 김
밥나라에서 만날 수 있는 일명 '중국산 김치'였다. 매운
것도 젓갈도 생강도 마늘도 싫은 내겐 그 맛이 제일 익숙
하고 만만했다. 나는 천상의 맛이라는 백김치를 피해 함
박스테이크, 두부조림, 옛날사라다를 골랐다.

열 가지 이상의 김치를 척척 만들어내는 사장님은
한 가지 김치도 안 먹는 성인 때문에 적잖이 충격을 받은
듯했다. 이곳을 나가기 전 예쁜 말을 하나 하고 싶어져
거덜 난 낭만을 득득 긁어모았다.

"사장님."

"예? 여기 카드랑 영수증이요."

영수증 버려달라는 말이 불쑥 나오려 해서 서둘러 본론을 말했다.

"제가 다음엔 김치 먹는 연습 해서 올게요."

하필 그 순간에도 안경알에 김이 팍 꼈다. 김이 팍 새는 일이었다. 돌이켜 보니 별거 아닌 말을 너무 결연하게 해서 오히려 본때 안 나는 상황이었다. 그래도 사장님은 낭만적으로 웃어주었다.

"근데 우리 아가씨는 혹시 선생님이에요?"

"저요?! 전혀 아닌데요. 그렇지만 감사해요. 선생님 같다는 말은 생전 처음 들어봐요."

뜬금없었지만, 술 사면서 민증 검사를 당할 때보다 기분이 좋았다. 전에는 일 안 하게 생겼다는 말만 들어본 나였다.

"아니, 사실은 내 꿈이 선생님이었거든요. 근데 원체 가난한 집에 태어나 대학 문턱도 못 밟아보고 밥만 하다 시간이 다 갔네. 늘그막에 사무쳐서인지 요맘때 아가씨들만 보면 다 선생님 같은 거 있죠? 아가씨도 대학 나왔지요?"

"나오긴 나왔는데…… 저는 공부를 못했어요."

"그래도 대학 나왔으니까 언제든 선생님 할 수 있겠네, 호호. 좋겠어요. 너무 멋져요."

순간 머릿속에 여러 가지 말들이 스쳤다. 선생님 하려면 교대 가야 하는데 저는 예술대를 나왔고, 아이들 만나는 직업 갖기엔 부적절한 성인이며, 학점이……. 그리고 교대 졸업 후에도 임용고시와 발령이라는 큰 산이 있고, 선생님이 되는 것만큼 사장님이 되신 것도 대단한 업적 아닌지 어쩌구 저쩌구……. 그러나 어떤 대답도 낭만적이지 않아 씨익 웃고 가게를 나섰다. 다음에는 집을 나서기 전에 낭만적인 대사를 하나 준비해와야겠다고 생각했다.

봄 고양이와 첫눈

피곤에 찌들어 낮잠을 자는데 고양이 맷돌이가 계속 울었다. 야오옹, 우우웅, 우앙, 오왱……. 참 아무렇게나 들리는 소리였다. 나는 돼지 고양이에게 조용히 하라고 소리치는 대신 1톤 같은 몸을 일으켰다. 비틀비틀 다가가 그래, 네가 무엇을 발견했니? 묻듯이 함께 창밖을 보았다.

눈이 오고 있었다. 그해의 첫눈이었다.

내가 창가로 다가서자 맷돌이의 울음은 뚝 멈췄다. 고양이는 아마 겨울님이 오시는데 잠이나 퍼자고 있냐고,

게으른 너도 흰 축복이 내려앉은 바깥 좀 보라고 말하고 싶었나 보다. 당시 맷돌이는 눈에서, 나는 눈을 감상하는 맷돌이에게서 액자식 감동을 느끼고 있었다.

"첫눈이라니! 야옹아, 넌 정말 똘똘하구나. 이걸 어떻게 알았어?"

나는 맷돌이의 발견을 과장하여 칭찬했다. 고양이의 멋진 점은 나를 필요로 하면서 내가 충족되는 즉시 필요를 거둔다는 것이었다. 그래도 창가에서 멀어지면 또 울게 뻔해 우린 꽤 오랫동안 눈을 보았다. 이 순간 나의 거지 하우스는 왠지 8평 같지 않았다. 창밖에서 신비를 목격하면 실내의 공간감도 얼마간 확장되는 모양이었다. 고양이와 눈사람을 만들 순 없어도, 쌓이는 눈을 보며 소복한 마음을 만들 순 있었다. 메마른 내겐 이런 순간들이 소중했다. 내가 무언가를 절실히 긍정한다는 것, 외부의 따뜻함을 내부의 열에너지로 증폭시킬 마음이 든다는 것 말이다.

길고양이 맷돌이를 만나기 전, 심사가 꼬여 있던 나는 약간 좋아지기 위해 많은 나쁨을 지불해야 하는 사람이었다. 내 어금니 표면이 남달리 편평한 이유도 거짓 다짐을 남발할 때마다 악물어서 그런 것 같았다. 당시의 나는 떼 부리듯 억지 긍정에 매달렸다.

좋게 좋게 생각하자. 좋은 게 좋은 거니까.

하지만 '좋다'라는 말을 네 번이나 반복해도 기분이 나빠지는 사람은 사실 아무것도 좋지 않은 것이었다. 그런 인간은 삶을 쓰레기장처럼 인식하고, 자기 자신을 대왕 쓰레기로 여길 확률이 높았다. 딱 그렇게 살고 있던 나는 마침내 내 인생에 좋은 것이 하나도 없음을 인정하고 다른 구원을 찾아 나섰다.

그때 맷돌이는 캠핑장에서 가까스로 구조된 아기 고양이였다. 길 위에 계속 존재하면 사람들의 악의와 성가심을 살 고양이, 그럼에도 사람을 미워하는 법을 끝내 못 배워 위험해질 아기 고양이이기도 했다. 당시의 맷돌이는 너무 작고 하찮아서 신이 착각처럼 거둬 가기에 죄책감이 없을 생명 같았다. 신이 굳이 거둬 가지도 않는 나는 맷돌이 대신 조급해졌다. 서둘러 데려와 놓고 보니 두부 한 모 중량의 생명이 어찌나 무겁던지 이름도 자연히 묵직한 걸로 짓게 되었다.

2020년 5월생이라 함박눈 자체를 처음 보는 맷돌이. 스트리트 출신인 맷돌이에겐 생년월일 자체가 천운인 셈이었다. 겨울을 모르고 내게 온 것이 겨울을 버티고 내게 온 것보단 다행한 우연이었다. 혹한을 버텨야 하는 계절에 태어났다면 동장군의 진수성찬이 되며 죽을 수도 있었다. 그런 가정을 할 때마다 심장에서 식은땀이 솟았다. 역시 우리 만남은 운명인 거겠지? 우연과 운명은 너무 닮아 있어서 자매 관계 같다. 우리가 참 다정한 이유도 여기 있다고 생각했다.

집고양이의 세상은 집사의 재력만큼 넓어지기 마련인데, 이 점에서 난 자랑스럽지 못했다. 가난한 부모가 어린아이에게 느끼는 채무감이 무언지 조금 알 것 같은 기분이었다. 집은 작아도 창문과 창문 밖 풍경만큼은 드넓다는 게 우리 둘의 위안이었다. 가끔 날씨가 오늘 같은 이벤트를 벌이는 날, 우리는 조금 더 친밀해졌다. 세찬 폭풍우가 오거나 천둥 번개가 치는 날도 그랬다. 두려운 건지 떨떠름한 건지 헷갈리는 고양이를 껴안고 "내가 너를 지켜줄 거야" 속삭일 때면 나는 이미 좋은 사람이 되겠다는 꿈을 이룬 것만 같았다. 어떤 착각은 바로잡지 않는 게 나았다. 그저 지속함으로써 희망적 싹을 틔우니까. 고양이와 함께 살면서 나는 대가 없는 착각의 수혜를 계속계속 누릴 수 있었다. 길게 썼지만 한마디로 대단히 행복하단 말이다.

처음엔 내가 작가가 된다면 맷돌이도 '작가의 고양이'로 승격(?)되는 것인가 자주 상상했다. 그럼 이 자식이 내게 좀 더 잘해야 되는 거 아닌가 싶기도 했다. 그러나 맷돌이는 인간 직업에 대한 존중이 조금도 없어서, 내가 타이핑을 할 때마다 자판을 지근지근 밟고 다니기 일쑤였다. 하지만 맷돌이는 커다란 글감과 영감으로서 다시 내 작문의 조력자가 되기도 했다. 쓰다가도 다 지우고 싶을 때마다 고양이의 안위와 세상을 생각했다. 글을 쓰고 쓰고 쓰다 보면, 고양이에게 작가의 무엇이라는 타이틀보다 더 가시적인 부동산을 선물할 수 있을 것인가? 5년 후 돌아오는 겨울엔 좀 더 엘레강스한 뷰의 첫눈을 함께 감상할 수 있을까? 싶은 것이었다.

어느 날에는 좀 더 이타적인 목표를 세우기도 했다. 부끄러움 없이 잘 쓰게 되는 날, 고양이에 대한 글 뭉치를 세상에 내고 싶다고, 그걸로 돈을 벌어 맷돌이와 같은 길 친구들을 겨울에서 구해내고 싶다고 생각했다. 구조된 나의 고양이와 함께 누군가의 세상을 구해낸다면 그만큼 응당한 보답도 없을 것이었다.

맷돌이에게 첫 겨울이 낯설듯 이런 마음도 내게는 새로웠다. 나는 나를 돕는 데서만 희열을 느끼는 간사하고 속된 사람이었으니까. 하지만 고양이와 사는 일은 역시 만만치 않았다. 자꾸 나빠지려는 나를 멋대로 좋게 만드는 것이었다. 자기 몸통도 젤리도 말랑말랑하니까, 내 이기심의 속성도 자기처럼 변하길 바라는 것만 같다. 이제 나는 내 반려동물의 소원을 못 들어줄 것도 없다고 생각한다. 그저 나의 털친구가 좀 더 오래오래, 내가 얼마나 좋아지는지, 좋은 게 좋은 것이란 말을 지키고 사는지 지켜봐주길 바랄 뿐이다.

우리 모두 가끔은 미칠 때가 있지

초판 1쇄 발행 2022년 2월 9일
초판 6쇄 발행 2022년 4월 15일

지은이 정지음
펴낸이 이경희

펴낸곳 빅피시
출판등록 2021년 4월 6일 제2021-000115호
주소 서울시 마포구 월드컵북로 402, KGIT 16층 1601-1호

ⓒ 정지음, 2022
값 14,800원
ISBN 979-11-91825-27-5 03810